KB263304

누구보다 빠르게
남들과는 다르게

누구보다 빠르게 남들과는 다르게

아웃사이더 지음

|주|자음과모음

차례

나는 직업이 여러 개야. 무대를 찾아다니는 가수인 동시에 뮤지션을 양성하고 음반을 만드는 제작자이고 청소년과 소통하는 강연자가 될 때도 있어. 또한 반려동물 박람회를 주최하기도 하고 500평짜리 키즈 카페를 운영하기도 해. 이 모든 게 내가 하는 일이자, 직업이야.

내가 하는 일에는 남녀노소를 가리지 않고 불특정 다수의 사람들과 소통하며, 그들에게 많은 사랑을 받으면서 많은 사랑을 나눈다는 공통점이 있어. 주로 무대 위나 강단, 박람회장과 키즈 카페에서 많은 사람들을 만나며 그들과 눈을 맞추고, 그들 고민의 온도와 속도에 내 이야기를 맞춰.

그렇게 나와 세상은 서로의 시간을 공유하며 살고 있어.

나는 하루에 많게는 3~4회 강연과 7~8개 스케줄에 맞춰 움직이면서도 내 일의 힘든 점보다는 즐거움과 만족에 가치를 두고 살아가려고 해. 어찌 보면 내 또래치고는 일찍 성공한 편이라 동창회에 나가면 부러움과 시기의 대상 중간쯤에 있는 행복한 사람이야.

적어도 코로나로 모든 것이 사라지기 전까지는 말이야. 누가 이렇게 될 줄 알았을까. 어렴풋이 짐작할 수나 있었을까, 지금의 모습을. 단체로 모이는 데 제약이 있고, 백신을 맞지 않으면 혼밥을 해야 하고, 밤에는 거리의 불빛이 꺼지고 사람 없이 텅 빈 도시의 정경을.

돌아보면 개념 없이 돈을 펑펑 쓰거나 낭비하며 살지 않았고, 누군가를 이유 없이 비난하거나 끌어내리며 살지 않았어. 남에게 피해 주거나 도움받는 걸 싫어하고, 그래서 기대하지도 실망하지도 않았지.

기부 천사나 자선 사업가는 아니어도 나름 아껴서 나누고 베풀며 살았다고 생각해. 도움이나 에너지가 필요한 청소년이나 후배들에게, 때로는 동물들에게, 관심이 필요한 아이들에게 그리고 이들이 조금이나마 나은 환경에서 살아갈 수 있도록 나를 필요로 하는 곳에 나름대로 내가 할 수 있는 최선을 다하며 살아왔어.

가능한 한 가까이에서 눈을 맞추고, 소리가 서로 맞닿는 공간에서 나의 시간과 그들의 시간을 공유하며 에너지를 나누고 살았어. 음악으로 누군가에게 위로와 힘이 되어 줄 수 있어서 행복했고, 사람들과 같은 눈높이에서 대화하고 소통하며 교감을 나눴고, 누군가의 재능을 발견하고 이끌어 내는 과정에서 성취감도 느꼈지. 도움이 필요한 동물들과 관심이 필요한 아이들을 위해 공간과 환경을 만들고 유지하는 일에 나는 늘 자부심을 느꼈어.

하지만 코로나가 세상을 덮친 탓에 이 모든 것과 나는 갑작스럽게 단절돼 버렸지. 아니, 더 정확히 말하자면 이 모든 것과 우리는 철저히 단절됐어.

코로나로 인한 세상과의 단절이 어느덧 2년째. 세상의 많은 규칙과 경계가 바뀌었고, 그로 인해 많은 이들이 직장을 잃고, 여러 직업이 사라졌어. 내 삶도 역시 그랬고.

가수로 설 수 있는 무대와 공연이, 강연자로 섰던 강단과 강연장이, 늘 마주하던 관객이 사라지고, 매년 주최하던 박람회를 더 이상 열지 못하게 됐어. 매일 아이들의 웃음소리로 가득했던 키즈 카페엔 점점 손님들의 발길이 뜸해지고, 당장 문을 닫아도 이상하지 않을 정도로 힘들어졌지. 서른 명 넘던 직원들이 대부분 떠나고, 결국 나 혼자 남은 듯 느껴졌어.

나는 여러 사람과 만나는 일을 하는 사람이야. 내가 하는 모든 일은 사람을 상대하는 일이기 때문에 사람이 꼭 있어야 해. 그런데 일하지 못하게 되면서, 하던 일과 해야 할 일을 갑작스럽게 잃게 되면서 그리고 그 시간이 지속되면서 한동안 극도로 힘든 상실의 시간을 보냈어. 그러다 보니 일뿐만 아니라 사람도 하나둘 잃게 됐지.

하지만 내 인생에서 가장 힘들었던 2년의 시간이 다 지나가는 지금, 많은 것을 잃었지만 가장 소중하고 가치 있는 한 가지를 발견하게 됐어. 그건 바로 '나' 자신이야. 내가 어떤 사람인지, 어떤 생각을 하고 어떤 것을 좋아하고 또 싫어하고, 어떤 것에 가치를 두고, 어떤 것에 시간을 쏟고, 어떤 것을 할 때 가장 행복하고, 어떤 것을 가지고 있고, 어떤 것을 버려야 하는지 알게 됐어.

복잡하게 꼬여 있던 수많은 것을 어쩔 수 없이 다 끊어버리고 나니까 선명하게 보이더라. 그제야 분명하게 알게 됐어, 나라는 사람이 누군지를. 모든 것을 처음부터 다시 시작하는 기분이지만 그래서 설레, 하루하루가. 너희도 한번 찾아보렴, 진짜 '나'를.

할 수 있는 게 없기 때문에 해야만 하고, 힘이 들기 때문에 힘을 내야만 하는 사람. 그게 진짜 '나'일 거야.

#가져라

긍정의 에너지를!

게임을 왜 하니, 넌?

누구에게나 그렇듯 나에게도 힘든 시간이 있었어. 나는 학창 시절 대부분을 공부, 운동, 단체 활동 등에 적극적으로 참여하는 학생이었어. 선생님이나 주변 친구들에게 노력해서 인정받는 것도 기분 좋았고, 열심히 한 만큼 따라오는 결과에 동기부여가 되면서 더 열심히 노력하는 성격이었다고 할까?

하지만 뭐든 앞장서서 열심히 하는 반면에 결과가 잘 나오지 않거나 누군가가 인정해 주지 않고 비난이라도 하면 금세 풀이 죽어서 아무것도 하고 싶지 않을 때가 있었어. 돌이켜 보면 자존감이 높지 않아서 주위의 시선에

휘둘리면서 살았던 것 같아. 그리고 그런 성향이 나이 들면서 사라지는 것이 아니라 더 강해졌던 것 같아. 결국엔 나만큼 열심히 하지 않는 친구들과 나를 비교하고 원망하게 되고 말이야. 누가 나한테 열심히 하라고 강요한 것도 아닌데, 인정받지 못하니까 혼자서 실망하는 타입이랄까?

그런 성향이 점점 강해지면서 많이 힘들었어. 그렇다고 그런 감정을 친구들에게 꺼내 놓는 건 뭔가 자존심 상하고 창피한 것 같아서 안 그런 척, 괜찮은 척 하면서 지내다 보니 내 안에 불만과 스트레스가 잔뜩 쌓이더라고. 나도 모르는 사이에 아주 많이, 아주 크게. 그러다 감정 조절이 안 돼 어느 순간 분노가 툭 튀어나와서 주변 사람들을 깜짝 놀라게 하고, 스스로도 그런 모습에 놀란 나머지 위축되어 힘들어하고 말이지.

때로는 인정하는 게 필요한 것 같아. 힘든데 어떻게 하냐고? 우선 그 힘들다는 걸 인정하는 것부터 시작해 보는 거야. 해 보고 나서 그다음을 이야기하는 거지.

사람은 경우에 따라 두 부류로 나누어 볼 수 있어. 예를 들면 어떤 임무나 책임이 주어졌을 때 그걸 받아들이는 사람의 태도나 행동에 따라서 그 사람의 성향이 나뉜다고 하잖아. 임무와 책임이 주어졌을 때 끝까지 임무를 잘 완수하는 사람과 완수하지 못하는 사람이 있어.

학교생활과 주변 친구들을 떠올려 봐. 한 집단에게 주어진 과제가 있을 때 그걸 끝까지 정해진 시간 안에 책임감 있게 해결하는 친구가 있는 반면, 누군가 하겠지, 하는 마음으로 나 몰라라 하고 신경도 쓰지 않는 친구가 있잖아. 과제를 해결하는 친구 중에도 열심히 하는 티를 내는 친구가 있고, 그저 묵묵히 자기 역할에 충실한 친구가 있지.

그렇다면 어떤 게 가장 좋은 성향일까? 사실 이 물음에 대한 정답을 찾을 수는 없어. 우리가 살고 있는 나라나 속해 있는 집단에 따라 환경적, 문화적 혹은 또 다른 특성들이 결합하면서 조금씩 그 답이 바뀔 수도 있을 테니까. 하지만 중요한 것은 이러한 다양한 환경적, 문화적 특성을 관통하는 '좋은 성향'이라는 게 존재한다는 거야. 이건 조건에 따라 달라지는 옵션이 아닌, 본질에 가장 가까운 부분이야. 말하자면 '핵' 같은 거지. 외부 환경이나 조건이 바뀌더라도 바뀌지 않는 본질, 그 중심에 대한 이야기야.

앞에서 말했던 것처럼 사람은 임무나 책임을 어떻게 이행하느냐에 따라 두 부류로 나뉠 수 있다고 했잖아. 어찌 됐든 나뉠 수밖에 없는 상황에서 나는 임무가 성공했을 때도 실패했을 때도 그 상황을 대하는 '태도'로 답을 찾으려고 해. 성공했을 때 만족하고 안주하는 게 아니라 다음을 준비하는 태도, 실패했을 때 좌절하고 포기하는 게 아니라 다음을 기약하는 태도. 그리고 무엇보다 중요한 건 어떠한 상황에서도 일희일비하지 않고 다음을 준비하고 기약하는 태도에 있어. 이런 태도는 쉽게 만들어지지 않지만, 일단 시작해야 만들 수 있거든. 쉽고 간단한 일부터 습관화하다 보면 이런 습관이 쌓이고 쌓여서 웬만한 상황에서도 흔들리지 않는 자신만의 태도가 되는 거지. 대단한 무언가는 사실 대단하지 않은 어딘가에서부터 시작되는 거야. 자세가 태도가 되고, 태도가 언젠가는 신념이 되는 거야. 어떠한 상황에서도 흔들리지 않고 자신을 지켜 나가는, 자신의 방식으로 삶을 살아가는 신념. 언젠가는 이러한 신념을 갖기를 갈망하며 쉽고 간단한 일부터 연습해 나가는 거야.

나의 부족함을 인정해야 해. 인정하지 않으면 태도를 바꿀 수 없어. 결과를 인정하는 거야. 성공했든 실패했든 결과를 인정하고 승복하는 거지. 중요한 건 결과가 아니라 그것을 받아들이는 태도니까. 그것이 결국 더 탄탄한 과정을 지나 큰 결과를 가져다줄 테니까.

그러니 눈에 보이는 결과물에 현혹돼서 흔들리지 말고, 최선을 다했다면 인정하고 승복해. 그러고 나면 그다음이 눈앞에 보일 거고 훨씬 쉬워질 거야. 어렵게만 생각하지 말고, 두렵게만 생각하지 말고, 결과 뒤에 책임질 것에 무서워하지 말고. 그 책임감이 나를 더욱 단단하게 단련시키는, 돈으로는 살 수 없는 값진 경험이라는 걸 깨닫고 인정한다면 조금은 즐길 수 있을 거야.

피할 수 없다면 고통을 즐겨라? 그런 두루뭉술한 이야

기가 아냐. 애초에 고통을 느끼지 않는다면 즐길 수 있는 거니까. 그러니 고통을 만들지 마. 고통으로 만들지 마. 심각하게 생각하고 망상 속에 휩싸이고 나면 아무리 사소한 것도 자신에게는 고통이 되는 거야. 어쩌면 고통이란 스스로 만드는 것일 수도 있어. 애초에 고통이 아니라고 단순하게 생각하는 것도 좋아. 그다음은? 즐길 수 있는 거지. 한판 한판 클리어해 나가는 게임처럼, 어려울수록 해결했을 때 뿌듯한 미션처럼. 고통은 받아들이는 사람이 만들어 내는 망상과도 같을지 몰라. 우리 인생을 게임이라고 생각해 보는 거야. 매번 다가오는 고난을 게임 한 판이라고 생각해 봐. 게임을 왜 하니, 넌?

창작하는 직업은 항상 자신의 감정과 마주해야 한다는 특성이 있어. 크고 작은 감정의 변화와 동요가 일에 영향을 주지. 작은 사소함에서 오는 만족과 즐거움, 목표를 달성했을 때 오는 성취감, 누군가의 실수나 잘못으로 입게 된 피해에 대한 짜증이나 불만, 혼자라고 느낄 때의 외로움과 고독감도. 그리고 이런 감정들이 예고 없이 불쑥 일상에 나타나고, 그 행동이 혼자 또는 타인과 있을 때 어떠한 행동으로 나타나는 걸 오랫동안 경험해 왔어.

사실 혼자 있을 때 나타나는 행동은 나라는 사람의 행동 반경에서 일어나기 때문에 이제는 이 시간을 덜 힘겹게 보내는 방법을 깨달았어. 하지만 타인과 함께 있을 때, 내가 나를 온전히 컨트롤하기 힘든 상황에 놓여 있을 때는 어떻게 대처해야 할지 고민과 의구심이 많이 들었어. 마흔 살이 되고 떠나보낸 동료도, 책임져야 할 식구도 꽤 많아진 지금에서야 어느 정도 감정을 조절할 수 있게 됐지만, 사실 쉬운 일은 아니었어.

감정이란 게 그래. 특히 감수성이 예민한 사람에게는 더더욱. 그 감정이 때로는 아주 날카롭게 내 가슴을 후벼 파고, 때로는 아주 간사할 정도로 내 발걸음을 가볍게 하고, 머리를 지끈거리게 하고, 심장이 터져 버릴 것같이 쿵쾅거리게 하거든. 정말 기분 최악이지. 그런데 어쩌겠어, 나만 이런 게 아닐 텐데.

중학생 때였어. 그때는 친구들 사이에서 유난히 서로에게 질투와 시기, 욕심 같은 게 많았던 것 같아. 지금 돌아보면 참 유치한데 당시에는 왜 그런 게 중요했는지 모르겠어. A랑 B랑 친하고, B랑 C랑 더 친하고, 또 나랑 개랑 친하고, 개랑 다른 친구랑 친한데, 다른 친구랑 나는 사이가 좋지 않고. 그걸로 서로 뒤에서 흉보고 이간질하고. 그때는 나 자신보다 친구들 사이에 대해 더 신경 쓰고 살았던 것 같아.

두루두루 교우 관계가 원만했던 내가 한번은 친구들 사이에서 타깃이 됐던 적이 있어. 난 누구를 싫어하기보다 두루두루 다 좋아하고 이해하는 편이다 보니 모두와 사이가 좋았던 건데, 친구들이 볼 땐 내가 줏대없이 여기저기 좋은 말만 하고 친한 척하는 것처럼 보였나 봐. 어느 순간 친구들이 짜고 나를 따돌리더라고. 나랑 얘기하고 놀면 그 친구까지 따돌릴 거라면서 내가 당해 봐야 안다고 말이야.

갑자기 친구들이 나와 말을 섞지 않으니까 처음엔 이게 무슨 일인가 싶어 당황스러웠어. 나중에는 억울하고 화가 나다가 결국 스스로를 돌아보게 되더라. '내 행동이 잘못됐던 것일까?' '내가 확실히 맺고 끊지 못하고 입장을 정확하게 전달하지 못해서 이렇게 된 건 아닐까?' '대체 내가 왜 이런 일을 겪어야 하지? 내가 뭘 그렇게 잘못했지?' '다투지 않고 모두 좋게 지내는 것 자체가 나쁜 일인가?' 등등 수많은 고민과 생각으로 한동안 잠도 못 자고 혼자 지냈던 것 같아.

사실 이럴 땐 억지로 감정을 감추거나 없애려 해도 소용이 없어. 시간이 흘러 이제는 감춰지거나 사라지지 않는 걸 알기 때문에, 이런 감정을 에너지로 전환하는 방법에 대해 고민하게 됐어.

가장 먼저 시도한 것은 감정을 어떤 식으로든 기록하며 다시 꺼내는 거야. 글을 쓰든, 가사를 쓰든, 그림을 그리든, 악상을 흥얼거리든, 낙서를 하든, 랩을 하든 내 감정을 어떤 식으로든 꺼내 놓고 어떤 형태로든 기록으로 남겨 두는 거지. 이 과정이 생각보다 흥미롭고 때로는 통쾌하기도 했어. 이렇게 감정을 꺼내고 기록하기 시작하면 어느 정도 해소되거나 완화되는 게 느껴져. 나는 이렇게 감정을 기록하는 과정에서 과거의 비슷했던 경험을 떠올리거나 앞으로 느끼게 될 감정을 가늠하게 되거든.

여기서 멈추지 않고 더 나아가면 결국 과거와 미래를 잇는 연결 고리로써 내 감정이 쓰이고, 쓰임새를 갖게 된 그 감정이 오히려 스스로에게 고맙고 애정 어린 대상으로 바뀌더라. 이렇게 감정을 에너지로 전환하는 과정을 기록으로 습관화하면 살아 있는 매 순간이 더욱 소중한 대상으로 바뀌는 경험을 할 수 있어. 행위라고 생각하면 어려울 수 있지만 행동이라고 생각하면 쉬워. 감정을 느끼면 그 순간을 바로 기록하는 거야. 그걸 반복하는 습관을 갖는 거지. 이렇게 기록한 감정은 당장 마주하기 힘들 수 있지만, 시간이 지나고 나서 꺼내어 보면 아주 묘한 기분이 들게 되지. 어찌 됐건 시간이 흐르고 나면 당시에 느꼈던 아픔이나 상처는 어느 정도 무뎌지고 미화되어 있을 테니까.

마찬가지로 우리는 삶의 목표를 설정하고 추구할 때도 좀 더 단순하게 생각할 필요가 있어. 목표라고 하면 뭔가 거창하거나 쉽게 이룰 수 없는 일들을 생각하는 경향이 있는데, 그러다 보면 목표를 설정하기까지 너무 많은 시간이 걸려. 너무 많은 것을 목표에 대입시키다 보면 목표를 설정하는 일 자체가 또 하나의 목표가 돼 버리는 거야.

쉽고 가볍게 생각하고 목표를 정해 봐. 목표라는 것을 이루어야 할 내 인생의 끝이라고 생각하지 말고 그냥 거쳐 가는, 지나가는 중간 지점이라고 생각해 보는 거야. 한 점을 거쳐 또 한 점을 거쳐 가는 한 점. 학교에서 집으로 가면서 거치는 곳들을 하나의 점이라고 생각해 봐. 학교를 나와 문구점을 거쳐서 분식집을 지나 미용실을 거쳐 우회전하면 나오는 빨간 건물의 3층 왼쪽 두 번째 집. 거기가 우리 집이야. 학교에서 우리 집까지 내가 거쳐 간 한 점, 한 점들. 문구점, 분식집, 미용실……. 목표라는 것은 이처럼 계속 바뀔 수 있는 거야. 내가 가는 노선이 변경됨에 따라서 그날그날 유동적으로 목표의 순서가 바뀔 수도 있는 거지.

사회는 예전과 달리 엄청난 속도로 바뀌고 있어. 지금 이 순간에도 수많은 직업이 사라지고 등장하고, 그에 따라 수많은 과정이 사라지고 만들어지고 있지. 우리가 정한 목표가 1년 뒤에는 아예 자취를 감출 수도 있어. 그러니까 목표를 내 인생의 종착점인 것처럼 생각하지 마. 그냥 내가 거쳐 가는 하나의 점이라고 생각하고 가볍게 그 지점을 거쳐서 지나가면 되는 거야. 목표를 삶으로, 일상으로 가져오는 거지. 내 옆에 가까이 두고 편하게 봐, 편한 친구처럼. 오래 볼 것 같던 친구도 언젠간 헤어지게 되는 것처럼, 오래갈 것 같은 목표도 어느 순간 사라질 수 있다고 생각해 봐. 하지만 친구와 함께하는 시간만큼은 내 마음이 행복과 기쁨으로 충만하다고 생각해 봐. 그것으로 충분하니까.

돌아보면 예전에 따돌림당하며 누구에게도 말하지 못했던 감정을 일기장에 끄적거리면서 나 자신과 더 많이 대화할 수 있었고, 일상을 기록하는 습관이 생겼어. 힘들 때마다 무작정 어딘가에 쓰게 됐거든. 그런 습관이 쌓여서 가사를 쓰고, 음악을 만들고, 무대 위에서 내 이야기를 꺼내는 사람이 되었어. 시간이 지난 후에 이런 내 이야기를 듣고 연락한 친구들과 오해를 풀고, 당시의 기억이 나에게 트라우마가 아닌 추억으로 남을 수 있었던 건 아마도 마음가짐 덕분이 아닐까 싶어.

그리고 그때 깨달은 사실 하나가 있는데, 힘들 때야말

로 사람들이 떠나고 남은 자리에서 날 진심으로 생각해 주는 친구를 찾을 수 있다는 거야. 고독하고 외로운 순간이 닥쳐서야 진정으로 나를 위해 주는 사람이 누구인지 발견할 수 있다는 거지. 그리고 가장 나를 위해 주는 소중한 사람이 바로 나 자신이라는 걸. 그런 나를 더욱 소중하게 아끼고 위해 줄 때 다른 누군가를 아끼고 위해 줄 수 있다는 걸 알게 되었어.

사람은 평생 배우고 경험하며 살아. 다시 말하면 늘 어렵고 힘든 일상을 살아, 우리는.

그게 무엇이든지 간에 배움은 쉽지 않고 경험은 힘에 겨워. 그럼에도 타인에게 웃으며 말할 수 있는 건, 잃는 것보다 얻는 게 많기 때문이지 않을까? 눈물보다 웃음이 많으면 어찌 됐건 불행보다는 행복에 가까울 테니까 말이야. 억지로라도 웃으면 건강에 좋다고들 하잖아. 사실 억지로라도 울면 건강에 더 좋은 것 같아. 눈물을 흘릴 때만큼 카타르시스를 주는 순간은 삶에서 드물 거야. 그건 결코 쉽지 않은 경험이니까.

우리는 쉽지 않은 일도 해야 해. 그게 삶이고, 그게 남는 것이고, 그게 얻는 거야. 그러니 배워야 하고 경험해야 해. 쉽게 얻어지는 건 얻는 게 아니거든, 없는 거지. 잘나가는 친구 옆에 살포시 손 하나 얹는 것과 같은 거랄까. 그런 건 오래 못 가. 오래는커녕 오히려 독이 되기 마련이야. 온몸으로 경험하고 배워야 진짜 내 것이 되지. 그러니까 없으려 하지 말고 얻으려고 노력해야 돼.

무언가를 얻기 위해 노력하는 순간순간이 습관이 되고, 루틴이 되어야 해. 마음가짐부터 행동까지 전부 바꿔야 험난한 세상에서 버티고 살아남을 수 있어. 긍정적으로 생각하며 살라는 말 많이 들어 봤지? 자신을 긍정이라는 색깔로 습관화시키고 그것이 온전히 내 것이 되면 어느 순간 내 주변에 긍정의 기운이 전해지는 거야. 그게 바로 에너지야. 나를 움직이게 하는 기운에서 그치지 않고 내 주변과 주위 환경에까지 그 기운이 전달될 때 비로소 진정한 에너지, 즉 단단한 힘이 생기는 거야. 내 안의 충만한 에너지가 넘쳐서 어딘가의 누군가에게로 흘러가서 긍정적인 영향을 주는 것. 그런 좋은 에너지를 함께 나누는 것. 그래서 긍정의 에너지를 갖게 되고 늘 에너지 넘칠 자신을 떠올려 봐. 억지로 웃으라는 게 아니야. 잘 구분해야 해. 자칫하면 억지스러운 변화에 스스로 더 큰 상처나 스트레스를 받을 수도 있거든.

억지로 변하려다가는 오히려 자신과 주변에 역효과를 줄 수도 있어. 내가 할 수 있는 범위 안에서 나를 바꾸고 노력해서 무리가 가지 않는 루틴을 만들어야 해. 내가 나로 존재하면서도 더 나은 나로 존재할 수 있는 삶의 범위와 패턴을 정립하는 거야. 그런 루틴과 패턴을 만들며 사는 게 어려울 것 같지만, 실제로 자신의 삶을 주도적으로 이끌어 가는 사람들 대부분은 삶의 패턴을 정립하고 있어.

흔히 예술가들의 생활은 불규칙하고 그들의 영혼은 자유롭다고 생각해. 하지만 꼭 그렇지만은 않아. 자신의 분야에서 성공한 예술가들의 하루와 삶의 모습을 분석해 보면, 실제로 자신만의 명확한 루틴으로 엄격한 자기 관리와 시간 분배를 통해 오히려 더 좋은 창작 활동을 한다는 분석이 있어. 내 주변에 있는 창작자들만 하더라도 일과와 루틴 관리에 엄격하거든.

　삶의 환경이 바뀌거나 영역이 넓어질수록 그 안에서 치열하게 자신의 창작 활동과 환경을 지켜 나가려는 노력을 하게 되지. 그 과정에서 부단하게 관리하고 타협해서 스스로 정립한 삶의 패턴이 만들어져. 작게는 일과에서 혹은 일주일이나 한 달 일상 안에서. 더 나아가서는 자신의 목표와 방향, 속도에 따라서 자신과 자신의 삶을 지켜 나가려는 예술가들의 몸부림이 엄격한 자기 관리로 이어지는 거야. 멋대로 살 것 같은 예술가들의 삶 또한 철저한 관리와 루틴으로 만든 결과물이라는 것을 확인할 수 있어. 그리고 그 바탕에는 삶을 긍정적으로 바라보고 인식하는 자세가 큰 버팀목이 되어 주는 거지.

　그럴 때 있지 않아? 우리가 매일 같은 시간에 등하교하는 게 어떻게 보면 아무 의미 없는 것같이 느껴지고, 반복되는 일과여서 지치거나 지루해지기도 하잖아.

　나도 그랬거든. 매일 같은 시간, 정해진 대로 살아야 한다는 게 답답했어. 그런데 나중에 사회에 나가 보니까 그제야 알겠더라고. 갑작스러운 야근이나 업무 변경, 많은 사람들과의 대화와 협업, 직장 상사의 까다로운 업무 지시 그리고 그 안에서 나를 싫어하는 사람이나 경쟁상대와 같은 수많은 변수로 가득 찬 경험을 하다 보니 흔히 말하는 멘붕이 왔어.

하루에도 몇 번이나 멘털이 나갔다 들어왔다 반복하는 걸 경험하게 돼. 그때 멘털을 잡고 나를 바로 세울 수 있는 건 근간이 얼마나 잘 만들어져 있느냐에 달려 있어. 나무로 말하면 뿌리 같은 거야. 오랜 시간 땅속 깊이 얼마나 잘 뿌리내렸는지에 따라서 거센 비바람이 몰아쳐도 흔들리지 않는 거지. 가지와 잎은 흔들릴지언정 깊게 내린 뿌리는 결코 꺾이지 않고 사계절을 견뎌 내. 마찬가지로 우리가 학창 시절에 규칙적인 삶 속에서 얼마나 자신을 부지런하고 유연하게 단련했는지에 따라 나중에 사회생활을 하면서 겪게 되는 힘든 순간에도 흔들리지 않고 버틸 수 있거든. 흔들리더라도 부러지지 않고 이겨 낼 수 있는 거야.

어떠한 상황에서도 나를 반드시 지킬 것, 포기해서는 안 될 것 그리고 늘 긍정적인 시선으로 자신을 돌아보고 에너지를 응집시킬 것. 이렇게 흔들림 속에서도 나무가 송두리째 뽑히지 않도록 나를 깊게 뿌리내려야 해.

언젠가 지금처럼 세상이 또 새까만 어둠에 뒤덮이더라도, 그래서 모두가 진흙탕 속에서 허우적거릴 때도 바닥을 기며 다시 일어설 수 있는 힘. 그것이 바로 배움과 경험을 통해 성장하는 긍정의 에너지, 곧 '태도'인 거야.

아주 유쾌하고 멋진 형이 있어. TV 예능 〈놀면 뭐하니?〉의 프로젝트 그룹인 'MSG 워너비' 멤버로 맹활약한 KCM, 창모 형이야. 가수 비의 유튜브 채널 〈시즌비시즌〉의 반고정 게스트에서 〈도시어부〉〈전지적 참견 시점〉 등 다양한 예능 프로그램을 종횡무진하고, 최근 영화 〈리프레쉬〉에 배우로 출연하면서 제2의 전성기를 보내고 있어.

창모 형과의 인연은 신기하게도 코로나로 우연히 시작됐어. 난 코로나가 이어지면서 운영하던 키즈 카페를 비롯해서 엔터테인먼트와 박람회, 교육 사업에까지 심한 타격을 입었어. 남들에겐 말하지 못했지만 매일같이 정체성의 혼란을 겪었지.

나는 뭐 하는 사람일까? 앞으로 뭘 하고 살아야 하는 걸까? 그러면서 내가 언제 가장 나다운 모습인지 떠올리게 됐어. 그러다 음악과 창작 활동을 다시 해야겠다는 결심을 하게 됐고, 다른 누군가를 위한 삶이 아닌, 온전히 나를 위해 노력과 투자를 하고 시간을 써 보기로 했어. 가수 겸 제작자로 살아온 15년간의 삶을 내려놓고 지난해에는 오롯이 '아웃사이더'라는 아티스트의 창작물과 작품 활동에 매진할 것을 다짐했어. 그렇게 몇 년 만에 신곡을 발표하면서 생애 처음으로 노래 경연 방송인 〈복면가왕〉에 도전하기도 했어.

그러던 와중에 친한 작곡가의 전화를 받았는데, 지금 함께 작업하고 있는 가수가 컬래버레이션 작업을 원한다는 내용이었어. 그게 KCM이었고. 사실 딱히 친분이 있진 않았지만 함께 활동하던 시기도 비슷했고, 노래 잘하는 가수와 작업하는 걸 워낙 좋아하다 보니 은근 기대가 되더라. 며칠 뒤 창모 형에게 전화가 왔어. 카리스마 있는 이미지를 상상했는데 밝고 유쾌한 목소리가 전화기 너머로 들려왔지. 그렇게 우리의 첫 작업은 성사됐고, 형과의 유쾌한 인연이 시작됐어.

나는 형이 요즘 제2의 전성기를 맞이하고 있는 이유가 '인정하는 모습'에 있다고 봐. 큰 키에 우람한 근육과 덩치 그리고 콧수염까지, 얼핏 힘 꽤나 쓰는 사람처럼 보이는 형은 실제로는 아주 유쾌하고 웃음이 많은, 긍정 에너지로 똘똘 뭉친 순박한 사람이야. 술 마시고 옷 사 입을 돈으로 낚시 장비를 사고, 하루 세끼 떡볶이를 먹는 형은 과거 미성의 고음과 가창력으로 사랑받았을 때만 해도 TV 예능 프로그램에서는 거의 찾아보기 힘든, 오로지 음악으로 승부하는 이미지였어.

나 역시 형과 작업하기 전까지만 해도 그런 이미지로만 인식했어. 그러다 실제로 같이 작업하면서 형이 어떤 성향과 에너지를 가진 사람인지 처음 알게 된 거야. 형은 함께 작업하는 동안 거의 매일같이 전화해서 내가 지금 뭐 하고 있는지, 별일 없었는지, 오늘 스케줄은 어떻게 되는지를 꼼꼼히 물어봤어. 행여나 연락이 안 되면 인스타그램에 왜 연락이 안 되냐며 소심하게 댓글을 달았고. 그리고 만나면 언제나 호탕한 목소리와 웃음으로 누구보다 밝게 인사하며 나를 반겨 줬지.

기존에 내가 알고 있던 형의 이미지와 너무 달랐기 때문에 적응하는 기간이 필요했는데, 시간이 지날수록 형의 진짜 모습을 알게 되면서 더 좋아지더라고. 오히려 과거에 내가 알던 이미지가 극히 단편적인 모습이었다는 것을 깨닫게 됐고, 이제는 형의 진짜 모습이 너무나 당연하고 편안하게 느껴져.

매일같이 예능 프로그램 촬영을 하며 노래하느라 본인이 가장 힘들 텐데도 바쁜 스케줄 때문에 항상 쉰 목소리로 현장에서 열심히 소통하는 사람. 촬영장 분위기가 무거우면 누구보다도 본인이 먼저 분위기를 띄우려고 노력하는 사람. 푸하하하, 하고 실없이 웃다가도 마이크 잡고 노래 부를 때면 어떻게든 본인의 음악적 자존심을 지키는 동시에 자존감을 잃지 않으려고 노력하는 사람.

난 그런 형의 모습이 진심으로 존경스러워. 무대 위에

서 한껏 멋에 취해 카리스마 있는 모습만을 보여 주던 신비주의 가수에서 이제는 자신의 밑바닥까지 끄집어내 능청스럽게 풀어 내는 프로 예능인이자 음악인. 자신의 본모습을 인정하고 꺼내 놓기까지 꽤 오랜 시간이 지났지만, 그동안 보여 주지 않았던 모습에 경험이 보태어져서 지금 이렇게 많은 사람들에게 웃음과 기쁨을 주고, 더 큰 사랑을 주고받는 연예인으로 거듭나게 된 것이 아닐까 생각해.

형의 긍정적인 성향과 자신감, 겸손한 모습은 누군가를 위해서 보여 주는 모습이라기보다 자기 스스로에 대한 믿음과 사랑이 있어서 만들어진 것이 아닐까? 겉으로는 늘 웃고 있고 사람들에게 웃음을 주기 위해 쉬지 않고 떠들고 있지만, 사실 그런 자신을 발견하고 마주하고 행복해지기 위해 자기 자신과 수많은 대화를 했을 거야. 형은 아직 못 다한 말이 많이 남은 것처럼 보여. 그래서 사람들에게 끝없이 이야기하면서 행복한 에너지를 전해 주고 있는 것 같아. 누구보다 자기 자신을 아끼고 사랑하기 때문에 누군가를 아끼고 사랑할 수 있는 삶. 자기 스스로에 대한 사랑과 믿음이 확실할 때 비로소 누군가를 진심으로 믿고 사랑할 수 있게 되는 것 같아.

형이 항상 입에 달고 사는 말이 있는데, 오늘도 생각나네. 지금의 사랑에 감사할 줄 아는 사람, 주변의 도움이 있기에 자신이 존재할 수 있다고 말하는 사람. 아직 전성기가 뭔지 경험도 못 해 봤다고 말하는 겸손한 사람. 우리도 늘 긍정적인 에너지와 감사하는 마음으로 형처럼 인사해 보면 어떨까?
안녕하모니카~~ 감사하모니카~~~

솟아라, 긍정 에너지!

바람결에
(with 이은미)

눈물로 지샌 밤 매일 널 기다려
내일이 오기를 애태우다가
깜빡 잠이 든
방에서 눈을 뜨기가 두려워
혼자라는 생각이 또 자고 일어나면
더 자라나 모자랐나
아님 뭘 잘했나
희망이 숨어 버린 건 아닐까
사실은 나에게도 위로가 필요해
어렸던 철이 없던 나를 바라봐 줘서
어둡던 내게 빛이 됐던 너
바람결에 너의 목소리가 들려와
너를 닮은 나의 꿈
가득 담아 불러 본다

—《오만과 편견》, 2015

소년이여
(feat. 샛별)

아침 점심 저녁 밤을 세워서 가사를 쓰던
소년의 열정은
변함없는 내 신념과 소신의 근원
생각보다는 행동 질문보다는 도전
요령보다는 연습으로 난 써 내려갔지
페이지를 넘겼고 내 머리 속엔
온통 라임과 플로우가 넘쳤지
한때는 눈앞의 자그만 기쁨에 만족해
부족한 노력에 브레이크를 걸어서
스스로 작지만
커다란 한계를 만들어 버리기도 했어
나를 판단하고 판가름하는 건
당당함이란 이름
때로는 간단하지만
당당하기란 쉽지만은 않은 길을
변함없는 믿음으로
맞서 싸워 쟁취하는 것
목표를 쟁취하고도
더 큰 목표를 바라보는 것

—《주인공》, 2010

솟아라, 긍정 에너지!

연인과의 거리3
(feat. 우주, 천단비)

쉬지 않았고 식지 않도록
끊임없이 열정에 부채질하는 게
체질에 딱 맞지 않았지만
마치 채치듯 게으름이란
체지방을 빼야만 했어 마치 채치수
제칠 수만 있다면 제치고 싶었던 블로킹
철벽같은 무게감의 원동력은
매일 절벽 끝자락에 홀로 서 있는 기분
누가 그걸 알아주지 않아도
해야만 하는 주장의 무게가 가장의 무게감
노장의 연륜은 현장의 안전을
보장해야만 지킬 수 있어
나의 가족과 사람들 그걸 아는 사람은
함부로 누구를 욕하지 않아
안아 주기도 벅찬
요즘 같은 시대의 내 작은 바람들

—《연인과의 거리3》, 2021

솟아라, 긍정 에너지!

그냥 좋아
(KCM×아웃사이더)

그래 쉽지 않았던 내 맘의 벽이
허물어지는 소릴 들었어
방황을 하던 내 삶에 방향이 되어 준
너의 진부한 말들이
이상하게도 그게 너무 좋았어
그래 너무 좋아서 내 맘의 상처가
아물어 가는 소릴 들었어
그냥 좋아 딱히 뭐라 설명은 못 해
아무 이유 없어 그냥 네가 좋아
너와 있는 이 시간이 가장 행복해
이 세상이란 소설 속에 넌 나의 쉼표야

—《그냥 좋아》, 2021

\#
끊어라

부정적인 에너지는!

우리는 자신의 장점만을 보여 주고 단점은 숨기고 감추려는 습성이 있어. 그래서 대부분 자신의 본래 모습대로 살기보다는 주위 시선을 의식하면서 연기하듯이 살아가고 있는데, 그 습성은 어찌 보면 당연한 거야.

약육강식이 지배하는 동물의 세계에서도 치열한 서열 싸움이 일어나잖아. 누군가가 우위를 점하면 누군가는 열세를 겪기 마련이야. 지배자와 피지배자가 있는 것처럼 말이야. 어떤 동물은 신체적 열세를 극복하기 위해 적이 나타났을 때 크게 보이도록 몸을 부풀리거나 상대에게 위협을 주려고 화려하게 발색해서 자신을 보호해. 작고 약해 보이는 동물도 적을 깜짝 놀래서 물러서게 하거나 그냥 지나치게 하기도 해. 고슴도치처럼 가시 있는 동물은 가시를 바짝 세워서 적을 위협하고, 턱수염도마뱀이라고 불리는 비어디드래곤은 몸을 크게 부풀리고 머리를 갑자기 끄덕이는 헤드뱅잉으로 힘을 과시하기도 하고. 평소에는 차분해 보이는 목도리도마뱀은 소리를 지르며 목도리처럼 생긴 피부를 펴는 블러핑 행위를 통해 적이 놀라서 도망치게 만들어. 버지니아주머니쥐는 적의 위협을 받으면 죽은 척하거나 시체 썩은 냄새가 나는 지독한 분비물을 배출해서 적을 혼미하게 만들어서 도망치기도 해. 이렇게 변신이나 위협으로 자기방어를 하는 동물이 있는 반면, 애초에 상대의 눈에 띄지 않거나 발각되지 않기 위해 주변 환경과 비슷한 외형이나 색깔로 은폐하는 동물도 있어.

포식자 눈에 띄지 않기 위해 몸의 색을 다양하게 변화시키는 동물과, 마찬가지로 사냥감의 눈을 피해서 주변과 비슷한 색으로 위장하는 포식자는 여러 가지 방법을 통해 야생에서 살아남기 위해 자신만의 싸움을 하며 살아가는 거야.

이런 동물의 모습은 우리 인간의 삶과 다르지 않아. 적에게 약해 보이지 않도록 윽박지르거나 가진 척 힘센 척 으스대는 사람, 돈과 권력이라는 힘과 상대방의 약점을 무기 삼아 자신의 강함을 증명하려는 사람, 포식자 눈에 띄지 않으려고 몸을 움츠리고 주변 환경에 숨거나 자신의 힘을 감추고 조용히 할 일만 하는 사람 그리고 극단적으로 포식자에게 당하기만 하는 관계에 적응해서 살아가는 사람 등등.

역할과 방식은 다르지만 각자 자신의 삶에서는 어떤 방식으로든 주연이니까. 그게 해피엔드든 새드엔드든, 액션, 멜로, 코미디, 느와르, 다큐멘터리, 그 외 어떤 장르든 자신의 시선으로 세상을 보며 행동하고 자기 기준으로 선택하고 살아가는 우리 모두는 어찌 됐든 우리 인생에서만큼은 주연인 거야.

그렇다면 '나'는 어떤 삶을 살 것인가, 내가 살고 있는 삶의 장르는 무엇인가 그리고 그 안에서 나는 어떤 선택과 행동을 하고 어떤 말을 하는 사람인가. 사실 살아남기 위해 어떤 선택과 행동을 하는지는 누가 평가하거나 옳고 그름을 판단할 수 있는 부분이 아니야. 하지만 어떤 방식으로든 자신을 꺼내 놓고, 마주하고, 인정해서 진정한 자신의 방식과 태도로 살아간다면 그게 바로 행복인 거야.

"될 놈은 되고, 안 될 놈은 안 된다"는 말을 지금 와서 생각해 보면, 될 놈은 자신이 잘하는 것과 못하는 것을 확실하게 인지해서 이를 바탕으로 살아가고, 안 될 놈은 자신이 잘하는 것과 못하는 것을 인지하지 못해서 타인과 세상의 방식을 따라 줏대 없이 사고하고 행동하는 것 같아.

아니, 어쩌면 그렇게 사는 게 잘하는 것이라고 인지할지도 모르지. 그래. 그렇게라도 어떻게든 살아갈 순 있겠지만, 스스로 어찌할 수 없거나 누군가가 도움을 줄 수 없는 정말 힘든 상황이 닥쳤을 때에서야 비로소 스스로 깨닫게 될 거야. 연기하며 사는 삶은 온전할 수 없고, 완전할 수 없다는 걸 말이야. 연기는 언젠가 끝날 수밖에 없고, 멈출 수밖에 없을 테니까. 위기와 마주했을 때 연기는 비로소 끝이 나거든.

정규 1집 앨범을 발매하고 방송에 처음 출연했을 때였
어. 그때는 주변에 워낙 쟁쟁한 가수가 많고 다들 키도 크
고 잘생겼는데, 나는 고작 언더그라운드 출신의 작은 회
사에서 데뷔한 래퍼였지. 요즘처럼 〈쇼미더머니〉라든지
〈고등래퍼〉 같은 힙합 경연 프로그램은 당연히 없었고,
힙합이나 랩을 하는 문화에 대한 대중의 인식도 거의 없
던 때였어.

랩이라는 게 주류 음악이던 댄스음악 중간에 잠깐 나
와서 분위기를 띄우고 들어가는 추임새 같은 정도로 대
중에게 인식되어 있던 시절이라서, 유명하고 잘나가는
아이돌 사이에서 활동하는 게 쉽지 않았어. 방송에 나가
는 것도 어려웠지. 나가게 되더라도 다른 가수들 사이에
끼워 넣는다거나 러닝타임을 줄여서 남는 시간에 맞춰
출연한다든지, 대기실 없이 복도나 차에서 대기해야 하
는 열악한 환경이었거든. 그조차도 출연할 수 있음에 감
사하면서 말이야.

사실 콤플렉스까지는 아닌데 내가 키가 작은 편이다

보니 키 크고 잘생긴 아이돌과 비교당할까 봐 스타일리스트들이 항상 6센티미터 깔창을 깔아 줬어. 혹시 깔창 껴 봤어? 깔창은 뒤꿈치 밑에 넣는 건데, 이게 6센티미터 정도 되면 뒤꿈치만 올라가니까 하이힐 신은 것처럼 앞으로 무게중심이 쏠리거든. 그래서 무대에서 공연하는 게 상당히 불편하고 어려워. 특히 템포가 빠르고 격한 노래를 할 땐 더더욱 움직이기 힘들고, 가끔 발목을 삐끗해서 접지르거나 넘어져 다친 적도 있어.

게다가 음악 방송 리허설을 마치고 식사하러 가면 방송국 근처에는 신발 벗고 들어가는 식당이 꽤 많았거든. 신발을 벗으면 갑자기 키가 쑥 작아지잖아. 같이 식사하러 간 제작진이나 옆 사람이 보면 좀 창피하고 민망해서 신발을 벗지 않는 식당만 찾게 되고, 그러다 보니 줄을 서서 기다릴 때가 많았지.

어느 순간 그렇게 사는 게 너무 불편하고 내가 소모되고 있는 것 같더라고. 아니, 래퍼가 랩 공연만 잘하면 됐지, 왜 키와 밥 먹는 곳까지 신경 써야 하는지. 곰곰이 생각해 보니 이게 맞는 건가 싶었어. 그러던 중 안테나뮤직

의 희열이 형님이 진행하는 〈유희열의 스케치북〉이라는
음악 방송에 스케줄이 잡힌 거야. 내가 꼭 서고 싶었던 음
악 방송이고, 그만큼 중요한 무대니까 평소보다 이 악물
고 연습하면서 준비했고 드디어 녹화하는 날이 왔어.

그날따라 깔창을 끼고 리허설을 하는 게 더 힘들고 스
트레스받더라고. 그래서 녹화 무대 올라가기 직전에 스
타일리스트 누나랑 회사 사람들 몰래 깔창을 빼서 휴지
통에 버렸어. 사실 깔창을 빼니까 쓸데없는 신경 안 써도
되고, 공연에만 집중할 수 있어서 너무 편하고 에너지가
집중되더라고. 오랜만에 내 음악에, 그 누구도 아닌 내가
빠져들 수 있는 시간이었어.

그렇게 만족스러운 무대를 마치고 스타일리스트 누나
랑 회사 사람들에게 잔소리 들을까 봐 조마조마하며 대
기실로 들어왔는데 다들 기립 박수를 치면서 나를 반겨
주는 거야. 오늘따라 너무 멋있었다고, 유난히 키도 커 보
이고 너무 좋았다고 한마디씩 해 주는데 그때 깨달았어.
'아, 콤플렉스라는 건 내 안에만 존재하는 거구나' '나만
신경 쓰고 나만 걱정하는 거구나' '실제로 내 콤플렉스에

관심 있는 건 정말 소수이고 나만 관심 있는 거구나'라는 생각이 들었어.

맞아. 사실 내 키가 몇 센티 커지고 작아지는 건 그다지 중요한 게 아니었어. 사람들이 나에게 기대하는 건, 아웃사이더라는 래퍼한테 기대하는 건, 키 몇 센티가 아니라 얼마나 더 빨리 랩을 하는지, 얼마나 더 에너지 있는 무대를 보여 주는지에 있지 키가 중요한 게 아니더라고. 그 사실을 그제야 깨달았어. 그러고 나서는 어디를 가도 당당하게 깔창을 빼고 다닐 수 있게 됐어.

신기하지? 그렇게 하니까 키는 작아졌지만 훨씬 더 높이 뛰고, 훨씬 더 높이 날 수 있더라고. 더 이상 내가 키 큰 사람인 척 연기할 필요도 없고, 키 때문에 고민할 필요도 없으니까. 날 소모하면서까지 에너지와 시간을 쏟을 필요가 없어지니까 내가 보여 주고자 하는 것에 집중할 수 있게 되더라.

그게 바로 나더라고. 연기하면서 사는 삶은 영원할 수 없어. 마찬가지로 안 될 놈은 어떻게 해도 안 될 수밖에

없어. 애초부터 그건 내가 아니었으니까. 내 삶이 아니었
으니까.

진짜 ‘나’를 찾아라!

거기서부터 인생의 기쁨과 행복이 시작되는 거야. 진
정한 ‘나’를 찾고 온전한 ‘나’를 찾는 과정에서 너는 분명
행복해질 거고, 네가 원하던 사람이 되어 가고 있을 거야.
‘더 나은 나’를 발견하고, 만들어 갈 수 있을 거야.

앞서 말한 안 될 놈은 안 된다는 건 사람 자체가 근본이 나쁘다는 의미가 아니야. 그 사람이 살아온 방식과 시간이 쌓여서 만들어진 현재의 모습이 진정한 자신이 아니라는 거지. 그런 부류의 사람들은 대부분 상황이나 조건에 따라서 행동과 말을 시시각각 바꾸곤 해. 이럴 땐 이렇게, 저럴 땐 저렇게, 또다시 이럴 땐 이렇게. 그렇게 상황이나 조건, 또는 사람에 따라 선택을 바꾸는 행동은 신뢰를 주기 어렵잖아.

조금은 이해가 가지 않더라도 자신만의 확실한 주관과

태도로 선택하는 사람들이 오히려 멋있다는 생각이 들거든. 그런 사람들은 자신의 선택 뒤에 따라오는 결과까지 책임질 수 있다는 신뢰가 느껴져. 그 신뢰가 그 사람의 깊이이고, 향기인 거야. 티 내지 않아도 깊이가 느껴지는 사람, 향수를 뿌리지 않아도 자신만의 향기가 나는 사람. 우리는 인위적으로 만들어진 모습에 열광하기보다 자연스럽게 만들어진 모습에 감탄하고 감동받기 마련이니까. 마치 대자연의 위대함과 마주했을 때 절로 나오는 탄성처럼 말이야.

나는 어렸을 적부터 아버지 손을 잡고 주말마다 산에 오르곤 했는데, 그때 아버지와 많은 대화를 할 수 있어서 좋았던 기억이 나. 동네에 있던 아차산과 용마산이 익숙해지면서 북한산, 설악산 등 전국의 유명한 산을 찾아다녔어. 산에 오른다는 게 그런 것 같아. 등반을 함께하는 사람들과 대화하는 즐거움과 산 초입에 보이는 맛있는 먹거리와 그걸 만드는 분주한 손길들. 구수한 냄새가 주는 유혹을 잠시 뒤로하고 산을 오르면 발걸음을 옮길 때마다 형형색색의 아름다운 자연과 마주치는 순간이 참 좋아. 코로나 시대의 가을 단풍은 그저 노랗고 빨간 게 아니더라. 내 공허한 마음을 달래 주듯 아주 진하게 노랗고, 견디기 힘든 시기를 어떻게든 이겨 내란 듯이 아주 새빨갛게 물들어 있더라고.

가을 산속을 걸어가 봐, 누군가와. 진하게 단풍이 든 나무를 지나 굽이진 등산로를 걸어가면 바닥이 훤히 들여다보이는 아주 맑은 계곡물이 기분을 들뜨게 해. 발이라도 잠깐 담가 보고 싶은 충동에 이내 살며시 한쪽 발을 적시게 돼. 감동이야. 아주 짜릿하고 머리끝까지 저리는 듯한 느낌이 내가 살아 있음을 상기시켜 줘. 울퉁불퉁한 바위 계단에 행여 발목이 접지르지 않도록 사뿐사뿐 밟으며 가고, 발이 미끄러질 때마다 흙먼지가 흩날리는 가파른 내리막길을 지나간 곳엔 아주 힘차고 거침없이 떨어지는 폭포와 절벽이 있어.

'살아 있다!'

'저렇게 살고 싶다.'

냉기가 도는 새하얀 포말과는 반대로 나는 아주 격렬하게 타오르는 것 같아.

'뜨겁다.'

'아주 뜨겁게 살고 싶다.'

'뜨겁게 살다 가고 싶다.'

잠시 그 자리에 멈춰 서서 마주해, 현재의 나와 지금 내 옆의 누군가와. 자연의 위대함 앞에서 자연스레 나는 혼자가 되곤 해, 슬며시. 그리고 혼자라는 초라함에 내 옆의 누군가를 보게 되고 이내 짙은 허전함이 밀려오지.

같은 곳을 보고, 같은 것을 느끼는 사람.

다른 곳을 걸어도, 같은 곳을 보고 있는 사람.

자연은 나와 나를 둘러싼 관계를 돌아보게 하는 힘이 있어. 주변을 한번 둘러봐. 내 곁에 어떤 친구가 있는지, 어떤 동료가 있는지.

나에게 힘을 주는 사람, 나에게 좋은 기운을 주는 사람, 함께 있으면 괜히 기분이 좋아지는 사람, 나와 가치를 나누는 사람.

내가 힘을 주고 싶은 사람, 좋은 에너지를 전해 주고 싶은 사람, 같이 밥을 먹고 무언가를 나누며 함께할 때 시간이 쏜살같이 흐르는 사람.

　이런 사람들이 곁에 있다면 넌 참 행복한 사람이야. 물론 그들과의 관계에서도 분명 크고 작은 충돌이나 다툼이 있겠지만, 그럼에도 나에게 이런 느낌으로 다가오는 사람들이라면 충분히 의미 있고 괜찮은 사람이지 않겠어?

　하지만 그렇지 않은 정반대의 사람도 분명 있을 거야. 오히려 더 많을 수도 있고 말이지. 말을 섞는 것조차 불편한 사람, 대화로 기분을 상하게 하는 사람, 싫은 소리나 거절하기 힘든 부탁만 하는 사람, 매번 탓하고 원망하고 아무렇지 않게 막말하는 사람, 같은 공간에 있다는 것만으로 위축감과 위화감을 느끼게 하는 사람. 그리고 집요하게 신경 쓰이거나 거슬리는, 어떤 식으로든 나를 괴롭히는 사람이 있지.

　학교든 사회든, 집단이라는 테두리 안에서 살아가는 우리에겐 좋은 에너지를 주는 사람과 그렇지 않은 사람이 동시에 존재하니까 말이야. 그리고 우리는 같은 공간에서 살아가기 때문에 어떤 식으로든 관계를 맺으며 살아갈 수밖에 없어.

사회에 나가면 이러한 관계는 더더욱 많이 생기고 복잡해져. 작은 일 처리부터 영업과 업무의 연장이라는 명목으로 원치 않지만 관계해야 하는, 불편하고 부정적인 기운을 흘리는 사람들과 만나야 하지. '어떻게 할 수 없으니까'라고 자위하고 넘어가기엔 이 부정적인 기운은 내 안에 아주 촘촘히 침투해서, 조금이라도 몸과 마음이 힘들어지면 스멀스멀 기어 나와 끊임없이 나를 괴롭혀. 그리고 부정적인 에너지는 곧 망상을 만들어 내고, 망상 안에서 눈치 보느라 움츠리고 마음 졸이며 살아가게 되지.

결국 이런 관계가 계속되면 점점 부정적인 사람이 돼 버려. 간단하고 확실하게 말하면, 이런 관계는 무조건 끊어야 해. 잘라 내야 해. 반드시 쳐내야 해. 나에게 지속적으로 부정적인 영향을 주는 사람은 설령 아주 간혹 도움된다고 한들 옆에 두어서는 안 돼. 그러다 나를 좀먹고, 내 곁에서 좋은 에너지를 주는 사람들에게까지 좋지 않은 영향을 주게 될 거야.

밀어내기 힘들다고? 그건 당연한 거야. 관계 맺는 과정에서 쉬운 걸 바라는 것 자체가 아이러니한 거지. 맺기보다 어려운 게 끊는 거니까. 시작하는 것보다 어려운 게 포기하는 거니까. 그러니까 끊는 것도 포기하는 것도 결코 욕먹거나 손가락질받을 일이 아냐. 쉬운 건 아무나 할 수 있어도 어려운 건 누구나 할 수 없으니까.

하지만 더 중요한 가치를 위해, 온전한 나 자신을 위해 해야 할 선택은 관계를 맺는 것도 시작하는 것도 아닌 끊는 거야. 그러니 당연히 어려운 거야. 힘든 상황에 닥쳐서야 비로소 나에게 소중한 친구가 얼마나 있는지 알 수 있다고 하잖아. 힘든 상황이 닥치기 전에 미리 나를 좀먹는 부정적인 인연들은 끊는 게 좋아.

자꾸 맺으려 하기보다 끊고 쳐내서 남은 소중한 인연에 집중하고, 모두에게 좋은 사람이 되려고 에너지를 쏟기보다 소중한 몇몇 이들에게 그 에너지를 집중해서 쏟아 봐. 그리고 너 역시 그들에게 그런 사람이 되려고 노력해 보는 거야.

결국 힘든 순간에 내게 힘이 되는 것도, 날 일으켜 주는 것도 한 사람이거든. 우리는 그 한 사람, 그 누군가의 작은

말 한마디에 용기와 힘을 얻게 되니까. 내가 너라는 한 사
람으로 인해 하루하루를 살아가고 있는 것처럼 말이야.

사람은 본능적으로 무언가를 갈구하고 갈망하는 존재야. 물건이든 사람이든 우리는 '소유'에 열망하고 열광하는 것 같아. 태어난 순간부터 숨을 거두기까지. 우리는 끊임없이 소유하려는 욕심과 욕망이 가득한 삶을 살아가는 듯해.

배 속에서 10개월간 엄마와 연결된 탯줄을 통해서만 모든 것을 흡수하다가 우렁찬 울음소리와 함께 세상에 태어나면 이때부터 진짜 돌봄이 필요해지는데, 잘 생각해 봐. 엄마 배 속에 있는 동안 아이는 아무것도 하지 않아도 엄마의 관심과 사랑을 통해 필요한 영양분을 섭취

할 수 있는데, 세상에 나온 순간부터 아이 혼자서는 아무 것도 할 수 없어지거든. 이때부터 아이는 우는 행동으로 자신을 표현할 수밖에 없어. 배가 고프면 울고, 배변이 필요하면 울고, 주변이 시끄럽거나 입고 있는 옷이 불편하면 울고, 발가락이 간지럽거나 코에 모기가 앉아도 아이가 표현할 수 있는 거라곤 우는 것밖에 없는 거야. 아이에겐 울음이 곧 욕구의 표현이자 소유의 표현이고, 10개월간 품어 온 애정의 욕구를 세상에 태어나자마자 아주 자연스럽고 우렁차게 표현하는 거야.

마찬가지로 우리는 끝없이 소유를 열망하고 요구하게 돼. 어렸을 적엔 그 열망을 부모님에게 요구하잖아. 너도 그랬을 거야. 갖고 싶은 장난감이 있으면 사 달라고 떼쓰거나, 땅바닥에 주저앉아 울고불고하거나, 조건을 걸고 부모님과 약속하기도 하지.

그렇게 원하던 것을 갖게 됐을 때 잠시 만족감을 느꼈다가 싫증 나면 또 다른 욕구가 생기면서 끊임없이 열망하고 갈망하곤 하지.

경제적으로 자립하게 되면 원하던 것을 하나씩 사면서

늘려 가고 부모로부터 독립하고. 그러다 어느 순간 사랑하는 사람을 만나서 결혼을 결심하고, 아이가 생겨서 가족 구성원이 늘어남에 따라 더 많은 것이 필요하게 되고.

생각해 보면 우리는 혼자일 때나 여럿이 있을 때나 늘 소유에 대한 욕구를 버리지 못하고 살아가는 것 같아. 그렇기 때문에 인간의 욕망은 끝이 없지. 사람들은 끝없이 새로운 것을 얻으려고 각자의 방식대로 노력하며 살아가. 하지만 잘못된 방식을 선택하거나 과도하게 욕심을 내면 오히려 많은 것을 잃어버리게 돼. 천천히 그리고 적당해야 해. 물건이든 사람과 사람 사이의 감정이든, 과하게 채워 넣다가는 언젠가 과부하가 걸릴 수밖에 없는 것 같아.

어렸을 적 동화책에서 봤던 이야기가 기억이 나. 금은보화를 배에 잔뜩 싣고 동굴을 탈출하는데, 만족하지 못하고 더 담으려고 욕심을 내다 배가 무거워져서 가라앉고 동굴이 무너져 내린 이야기. 과한 욕심은 결국 더 많은 것을 잃어버리게 만드는 거야, 결과적으로.

나는 신발을 수집하는 취미가 있었는데, 특히 나이키

농구화 조던과 덩크 시리즈를 모으는 게 좋았어. 공연하거나 앨범을 발매할 때마다 스스로를 격려하는 뜻으로, 앞으로 더 열심히 뛰라는 뜻으로 운동화를 하나씩 사다 보니 어느덧 방 한쪽을 가득 채우게 됐어.

당시에는 시리즈나 리미티드 에디션을 하나씩 모을 때마다, 점점 늘어나는 운동화를 볼 때마다 드는 만족감이 너무 좋았어. 그렇다 보니 어느 순간 공연하거나 앨범을 낸 게 아닌데도 예쁘거나 멋진 신발이 보이면 그냥 사게 되더라고, 습관처럼. 신발이 너무 많아지니까 언젠가부터는 진열하지도 않고 그냥 상자째로 한쪽 구석에 쌓아 두고 꺼내 보지도 않게 되고.

언젠가 여름 장마철이었는데, 비가 너무 많이 와서 작업실에 갑자기 물이 쏟아지듯 들어오기 시작했어. 당황한 내가 뭐부터 어떻게 옮겨야 할지 몰라서 허둥대는 동안 그 많은 운동화가 다 물에 잠겨 버렸어.

한 번도 신어 보지 못한 많은 신발들이 물에 잠겨서 망가졌을 때 참 안타깝고 허무하더라고. 그때 생각했지. 위급한 상황에서 내가 책임질 수 없는 것들은 오히려 판단력을 흐트러뜨려서 진짜 중요한 것을 잃게 만들 수도 있다고. 너무 많다 보니 챙길 수 있는 것도 못 챙기고 다 잃어버리게 되는 거지. 그리고 그 욕심이 오히려 내게 짐이 될 수도 있겠구나, 하는 생각이 들더라. 운동화가 망가진 것도 억울하고 서러운데, 망가진 운동화를 보면서 안타까워하고 후회하는 감정이 나를 더 힘들게 만든다는 걸 느꼈어.

그래서 우리는 늘 '비우기'를 연습해야 하나 봐. 삶에서 채우기를 완전히 없앤다는 건 불가능해. 그 대신 채우려는 갈망만큼 비우기를 습관화하는 연습을 해 보는 거야. 무언가를 얻고 채우기 위해 내가 가진 무언가를 버리고 비우는 연습. 그리고 누군가와 나누는 연습.

지금 우리에게 필요한 건 비우고 나누는 연습이야. 비우고 나눈 자리에 나의 욕심을 적당하게 채워 넣기. 과하지 않게, 부담스럽지 않게, 하지만 적당히 만족감을 느낄 수 있게. 그리고 그 만족감을 차곡차곡 채우기 위해 목표를 세우고 성실히 노력하기. 그렇게 차곡차곡 채운 만족감을 내 가족에게, 친구에게, 누군가에게 나누어 주고 살면서 행복을 느끼는 게 인생이 아닐까.

반복되는 우리의 삶에 비움과 나눔의 의미를 꼭꼭 채워 넣어 보자. 적당히, 알맞게, 천천히. 마치 좋아하는 친구에게 내 마음을 표현하는 것처럼.

정리해야 얻을 수 있는 행복

인간관계에서도 '정리'가 필요한 순간이 있어. 사람과 사람 사이는 나에게 도움을 주는 관계, 나에게 기쁨과 행복을 주는 관계, 나와 무언가를 나누고 함께할 때 힘이 되는 관계 등 긍정적인 관계만 있는 건 아니야. 나에게 근심을 주는 관계, 나에게 상처와 아픔을 주는 관계, 나에게 무언가를 원하는 관계, 내가 가진 것들에 어떻게든 의존하려는 관계 등 부정적인 관계도 있지. 관계와 인연이라는 게 아무리 내 곁에 붙잡아 두고 싶어도 떠날 때가 되면 떠나고, 아무리 밀어내려고 발버둥 쳐도 남을 사람은 남더라. 만날 사람은 만나게 되는 것이고.

그래서 관계는 함부로 맺으면 안 되는 것 같아. 단순히 지금 이 순간에 좋아서 맺은 관계가 언젠가는 나에게 근심스러운 관계가 될 수도 있기 때문에 적절히 거리를 두고 오래 보면서 천천히 서로에 대해 알아 가야 해. 성급하지 않게 여유를 가지고 거리를 좁혀 나가는 속도 조절이 중요한 거야. 갑작스럽게 '훅' 하고 들어오는 걸 좋아할 사람은 드물잖아. 권투를 할 때도 잽을 몇 번 날리다가 스트레이트나 훅을 날리는 것처럼 관계에도 단계가 필요하거든. 그리고 그 단계를 거치며 상대방과 나의 합을 맞추거나 판단하는 거야.

상대방과 속도를 맞출 때는 우선 상대방의 성향에 대해 판단하고, 상대방과 내가 잘 맞는지 안 맞는지 파악해야 해.

하지만 제일 먼저 파악해야 할 것은 바로 '나' 자신이야. '나'란 사람이 어떤 사람인지 철저한 이해와 인정이 우선되어야 해. 그래야 타인을 이해할 수 있고, 좋은 관계를 형성할 수 있으니까. 나 역시 그랬어. 나라는 사람을 누구보다 잘 알고 있다고 생각했는데, 사실은 그렇지 않더라고. 늘 강한 척, 괜찮은 척 하면서 뭐든지 다 해결할 수 있는 사람이라고 생각했어. 그래서 가족과 동료, 회사 직원들, 내 음악과 나를 사랑해 주는 팬들을 늘 든든하게 지켜 주고 존재만으로도 힘이 되는 사람으로 살아가려고 노력했고, 그렇게 살고 있다고 믿어 왔어. 하지만 아니더라고. 그렇지 못할 때가 많더라. 나 역시 부족한 부분이 있고, 경험해 보지 않은 당황스러운 상황과 마주하게 될 때가 있더라고. 그걸 발견할 강력한 계기를 만나지 못했기 때문에 스스로에 대해 완전히 알지 못했던 것 같아.

한번은 이런 적이 있어. 나에겐 말하기 어려운 트라우마가 있어. 10여 년 넘게 엔터테인먼트를 운영하다 보면 많은 아티스트들과 스태프들을 만나고 헤어지고, 크고 작은 분쟁과 다툼을 할 수밖에 없거든. 계약이 종료되거나 계약을 파기하게 되어서, 각자의 사정으로 사람들이 회사를 그만두고 나가는 상황은 10여 년이 지난 지금도 나에겐 가장 힘든 일이야. 좋든 싫든 누군가를 떠나보낸다는 게 참 힘들거든. 종종 아티스트나 직원들이 "대표님, 드릴 말씀이 있습니다"라고 내게 직접 이야기하거나 문자를 보낼 때가 있는데, 그때마다 가슴이 쿵, 하고 내려앉아. 회사에는 직급이 있기 때문에 대표인 나에게 직접 할 말이 있다고 하는 경우는 한 가지 상황밖에 없거든. 말하지 않아도 짐작이 가지?

'대표님, 드릴 말씀이 있습니다'는 곧 '대표님, 저 그만두고 싶습니다'라는 뜻이더라고. 10년 넘게 이런 상황을 겪다 보니 정답은 아니어도 나만의 답이 생겼어. 어떻게든 떠나려고 마음먹은 사람을 붙잡는 방법은 거의 없어. 특히나 아티스트들은 이미 어느 정도 결정을 내리고 나서 말을 꺼내는 경우가 대부분이야. 나로서는 고민이 되거나 불만이 있는 부분을 들어주고 개선이나 해결해 주는 것이 최선이지만 대부분 이런 경우에는 언젠간 헤어질 수밖에 없어. 엔터테인먼트의 특성상 이건 헤어지느냐 마느냐가 아니라 언제, 어떤 방식으로 헤어지느냐의 문제인 거야.

그래서 억지로 붙잡기보다는 차라리 깔끔하게 헤어지는 것이 낫기도 해. 하지만 여러 가지 복잡한 상황에 엮여 있다 보니 회사와 아티스트 간의 계약을 해지하는 게 생각보다 쉬운 문제가 아니야. 계약 기간이 끝나서 재계약하지 않고 종료하는 것은 그나마 문제가 덜하지만, 계약 기간이 남아 있는 동안에 아티스트의 변심으로 계약을 해지하려면 위약금이나 회사의 제반 비용 회수, 외부와 연계된 2차 계약 등이 문제가 되거든. 만약 팀 활동을 하고 있는 경우에는 팀에 끼치는 피해나 영향 등을 고려해서 하나하나 해결해야 할 사안이 아주 많고 복잡하기 때문에 모든 사항을 꼼꼼히 체크해 보고 서로에게 최선의 타협점을 찾아야 해.

그리고 회사와 아티스트가 협의점을 찾고 헤어진 후에도 이별의 여파는 어떤 식으로든 남을 수밖에 없어. 무엇보다 그만두고 싶다는 누군가의 이야기를 직접 듣게 되는 것만큼 힘들고 상처받는 순간은 드물 거야. 연인에게 헤어지자는 이야기를 갑작스럽게 통보받았을 때의 기분과 비슷하달까? 겉으로는 괜찮은 척하지만 사실 작별하는 순간을 맞닥뜨렸을 때의 상처가 인식하지 못하는 사이에 산더미처럼 쌓였던 것 같아. 그리고 이렇게 쌓인 상처들이 가끔 쾅, 하고 터지는 거야. 그것도 아주 크게, 갑자기 말이야.

　나는 논쟁이나 다툼을 좋아하지 않고, 누군가에게 싫은 소리나 지시를 잘하지 못하는 타입이야. 회사에서는 대표지만 기본적으로는 가수이고 연예인이다 보니 사람들에게 보이는 이미지를 신경 쓰면서 살아갈 수밖에 없었지. 이건 대표이자 연예인인 사람들이 지닌 특징이라고 볼 수 있는데, 누군가에게 어떤 일을 시키기보다는 내가 직접 처리하는 게 속이 편하거든. 나는 웬만하면 직원들에게 업무 지시나 싫은 소리는 일절 하지 않는 스타일인데, 코로나 사태로 많은 직원을 떠나보내고 회사를 운영하는 데 어려움을 겪다 보니 예민해졌던 것 같아. 괜찮다며 참아 온 응어리가 아주 작은 계기로 터지고 폭발하기 시작했지. 평소에는 혼내거나 싫은 소리 한번 하지 않던 대표가 사소한 일로 갑작스럽게 폭발하듯 화내니까 직원들도 크게 당황하고, 나도 처음 보는 내 모습에 놀랐던 것 같아. 그래서 스스로를 돌아보기 위해 나와 대화를 시도

했어.

'나는 왜 그런 행동을 한 것일까?' '무엇이 문제였을까?' '언제부터 쌓였던 것일까?'

자신과 깊은 대화를 나눈 뒤에야 어느 정도 이유와 답을 찾게 됐어. 나는 언더그라운드에서 지낸 8년 동안 모든 일을 혼자 진행해 왔어. 그래서 누군가와 함께 일할 때 소통하는 방법이 다른 사람들과 많이 달랐던 것 같아. 곡을 만들고, 녹음을 하고, 믹싱과 마스터링을 하고, 프로필 촬영을 하고, 사진을 보정하고, 재킷을 디자인하고, 프레싱 공장에서 CD가 나오면 레코드숍을 직접 다니면서 전달하고, 유통사를 컨택하고, 계약서를 쓰고, 공연 기획자와 연락하는 등의 모든 과정을 대부분 혼자 해 왔기 때문에 함께 일을 분담하고 지시하고 나누고 소통하는 경험을 거의 해 보지 못했던 거야. 그래서 지시하는 방식, 지적하는 방식, 제시하는 방식, 혼내는 방식 등 함께 일하는 데 필요한 방법을 몰랐던 것 같아. 가수로 활동하다 회사를 차리고 바로 대표로서 살다 보니, 일반 직장인처럼 순차적으로 직급이 올라가는 과정을 경험해 본 적이 없어서 몰랐던 거지.

그러다 혼자서는 버티기 힘든 상황이 닥치자 그동안 쌓인 스트레스와 불만이 한꺼번에 터져 나온다는 사실을 깨달았어. 갑작스러운 나의 행동에 주변 사람들이 많이 놀라게 된 것도 어떻게 보면 당연한 일이었던 것 같아. 단계의 생략과 단계적 소통 결여가 지금의 모습을 만든 거야.

그래서 이제 나는 하나씩 다시 연습하고 배워 가고 있어. 지시하는 연습, 제시하는 연습, 거절하는 연습, 지적하는 연습, 소통하는 연습 등 나에게 어려운 것을 해 보고 있어. 잘못된 습관을 버리고, 부족했던 나를 채우고 있어. 비우고 버리지 않으면, 다시 말해 정리하지 않으면 좋은 습관을 채울 수 없을 테니까. 내가 살고 있는 공간에서 어떤 관계, 상황, 감정에 있든 '너'라는 사람이나 우리에겐 늘 자신을 돌아보며 정리하는 시간이 필요해. 우리는 새로운 걸 채워 넣기 위해 끊임없이 비우고 정리하는 습관을 들여야 해.

정리하자. 그리고 정리를 시작하는 데 가장 중요한 것이 무엇인지 다시 한번 생각해 보자.

첫째, 꼭 필요한 것을 제자리에 둔다.

둘째, 꼭 필요한 것만 빼고 싹 다 치워 버린다.

멈춰, 부정 에너지!

그리움을 만지다
(feat. 화요비)

소리가 춤을 추고 불빛이 흩날리고
외로움이 날아다니는 그곳에서
오색찬란한 색색의 선이 형언할 수 없는 색으로
영혼을 물들이는 그곳에서
너를 만났고 또 너를 알았고 또 너를 가슴 안에 품어
상처로 범벅이 돼 버린 가슴을 맞대고
우린 서로의 영혼을 위로했지
쿵쾅대는 심장 소리 안에 숨어
우린 태어나서 처음으로 사랑했지
이건 분명 시작이 아니면 끝이겠지
온몸이 불타버리는 꿈을 꿨던 그날 이후 내겐 삶이 빛으로만 보여
시력을 잃어 버려 고통을 잊어 보려
부러진 날갤 부여잡고 다시 춤을 추는 소녀
날 홀로 내버려 두지는 말아
함께 있어도 난 언제나 외롭단 말이야

—《Rebirth Outsider》, 2013

멈춰, 부정 에너지!

일장춘몽

오늘내일하는 나의 삶은 하루살이
마치 바람 앞에 흔들리는 촛불과도 같아
한번 왔다 가는 것이 인생일지언데
왜 난 가진 것에 그리 목을 매는 건지 몰라
소유할 수 없는 나의 삶은 일장춘몽
마치 자고 나면 사라지는 신기루와 같아
잃은 것보다는 아직 이룰 게 많아서
내게 남은 시간이 간절하게 더디 가기를
가진 것보다는 버릴 것이 많아서
내게 남은 욕심이 하나둘씩 사라지기를
나 신께 기도하지 신의 존재를 믿지 않으면서
쉽게 고백하지 당신보다
자신을 아끼면서 이기적인 바람
이런 나라도 괜찮다면
나의 바람이 들린다면 내게 시간을 줘

—《The Outsider》, 2010

멈춰, 부정 에너지!

주변인

울리지 않는 전화기를 들었다 놨다
밤새도록 너를 기다려
나는 관심이 필요해 나는 대화가 필요해
너의 손길이 필요해 작은 사랑이 필요해
점점 꺼져 가는 도화선에 불을 지펴 줘

난 여기에도 저기에도 어디에도 섞이지 못해
너에게도 그녀에게도 누구에게도 속하지 못해
주위를 서성거리며 너의 곁을 맴돌아
난 여기에도 저기에도 어디에도 섞이지 못해
너에게도 그녀에게도 누구에게도 속하지 못해
주위를 서성거리며 너의 곁을 맴돌아
달빛은 알아줄까 외로운 이 밤을
별빛은 알아줄까 상처받은 맘을
괴로움이 사무쳐서 노래를 부른다
그리움에 파묻혀서 그대를 부른다

—《The Outsider》, 2010

멈춰, 부정 에너지!

3.14
(feat. 울랄라세션 김명훈)

내 아픔의 크기는 3.14그램
너와 나 그리고 세상
삶이란 이 3으론 정확히 나눌 수 없는
숫자 싸움 마치 10과 같아
죽자 살자 사랑하고
또 죽기 살기로 붙잡아도
떠날 사람은 떠나가
가라고 떠나가라고 떠밀어 내도
돌아올 사람은 돌고 돌아서
결국 내게로 돌아와
옳고 그르고 그렇지 않은 게 아냐
결코 서로가 다름을 인정하기 전까지는
끝나지 않는 다툼
그래 그게 바로 너야

—《3.14》, 2018

\# 잡아라

인연과 기회를!

2년을 보면 인연이 보인다.

내 철학이야. 2년 동안 군 생활을 해 보고 나서 깨달았어. 좋은 사람이든 싫은 사람이든 나와 맞는 사람이든 맞지 않는 사람이든 한 공간에서 얼굴을 맞대고 지내야 한다고 생각해 봐. 정말 끔찍하겠지? 하지만 호감 가는 사람, 좋아하는 사람, 나랑 잘 맞는 사람, 함께 있을 때 편안한 사람과도 온종일 함께 있어 보면 보이지 않던 것들이 보이게 돼. 보고 싶지 않은 부분도 볼 수밖에 없고. 함께 산다는 것은 그런 거야. 함께 살기 때문에 서로를 알아 갈 수밖에 없고, 함께 살기 위해서는 서로를 알아 가야 하는 거지.

그렇기 때문에 함께 산다는 것은 더더욱 힘들고 어려우며, 신중해야 하는 문제인 거야. 반대로 이야기하면 좋은 관계를 맺기 위해선 많은 시간을 함께 보내 봐야 한다는 거고. 적어도 2년이라는 시간을 함께해 본다면 어느 정도 알 수 있겠지. 서로 배려하고 감수하며 알아 가고, 이해하기 위해 노력하는 과정을 겪으면서 가치 있는 즐거움과 행복을 느낄 수 있는 관계라면, 충분히 의미 있는 인연이 되지 않을까?

반면에 2년이라는 시간 동안 관계를 유지하는 것이 힘들고 견디기 어렵다면 애초에 깊은 인연을 맺지 않는 것이 나을 수도 있어. 나에게 부정적인 기운을 주는 관계는 깊어질수록 오히려 서로에게 좋지 않은 영향만 끼치니까.

그런 관계라면 일찍 정리하는 게 현명한 선택이지. 기분 좋은 노력, 나를 잃지 않으면서 상대방을 위해 변화하려는 노력같이 의미 있는 노력이 아니라면 과감하게 결단을 내려야 해. 그게 바로 '관계'야. 나에게도 그런 관계가 있어. 오랜 시간이 지났어도 여전히 나에게 좋은 인연,

오랜 시간이 지났지만 아직 끊지 못해서 여전히 나를 괴롭히는 인연이 있지.

　동갑내기로 같은 직업을 가진 사회 친구가 있어. 5년 전쯤 알게 된 이 친구는 성격도 좋고, 누구보다 열심히 사는 친구지. 가수나 연예인으로서 눈에 띄는 성과를 얻지 못했던 그 친구는 어떤 무대든 어떤 기회든 자기를 불러주는 곳이라면 어디든 달려가서 최선을 다해 노래했어. 음악과 관련되거나 자기를 필요로 하는 곳이라면 무슨 일이든 완벽하게 마무리하기 위해 노력했지.

　나는 친구의 그런 모습에 끌려서 자주는 아니어도 두세 달에 한 번씩은 꼭 만나서 그동안의 근황과 서로의 활동에 대한 이야기를 나눴어. 그러면서 우리는 서로에게 도움이 되는 조언을 주고받을 수 있는 사이가 됐어. 당시에는 내가 도움을 받기보다는 줄 수 있는 기회가 많았기 때문에 기분 좋게 돕고 싶은 마음이 드는 친구였어.

　하루는 친구가 급하게 신곡 뮤직비디오에 카메오로 출연해 달라고 부탁해서 스케줄을 마치고 새벽에 촬영 현장으로 갔어. 복잡한 현장 상황 때문에 몇 시간을 기다린 후에야 촬영했는데, 정신없는 와중에 자기를 위해 달려와 준 친구를 계속 신경 쓰던 모습이 아직도 기억나.

또 한번은 무대를 갈망하는 친구에게 홍보 대사와 축하 공연을 연결해 준 적이 있었어. 작은 무대였지만 친구는 최선을 다해 열정적으로 무대를 마치고 내게 계속 고마움을 표현했어. 노래를 발표하고 나서도 설 무대가 많이 없어서 걱정이었는데 너무 고맙다고 말이야. 그 뒤로도 친구는 매번 주위 사람들에게 내가 뮤직비디오에 카메오로 출연해 준 이야기를 하며 평생 감사하고 보답할 거라고 했지.

나에게는 그렇게 어렵지 않은 일이었지만 친구에게는 큰 감동이었고, 그래서 고마움을 잊지 않고 표현해 준 좋은 인연이었던 것 같아. 그렇게 몇 년의 세월이 흘러, 우리는 만날 때마다 기분 좋게 서로를 위하는 관계가 됐어. 매일같이 연락하진 않지만 언제 만나더라도 자연스럽고 당연하게 친한 친구로 느껴지지.

그리고 지금 그 친구는 대한민국에서 가장 유명한 가수

중 한 명이 됐어. 바로 영탁이야. 예능 프로그램 〈미스터
트롯〉을 통해서 전국에 막걸리 열풍을 일으킨 가수. '찐이
야'를 연발하며 많은 사랑을 받고 있는 영탁이가 바로 그
친구야. 〈미스터트롯〉 출연을 통해 엄청난 관심과 사랑을
받게 된 영탁이는 여전히 변함없이 내 친구이고, 한동안
활동이 뜸했던 나를 도와준 친구야. 힘들었던 무명 시절
의 내 도움을 에피소드 삼아 고맙다는 말을 입에 달고 사
는 친구, 나뿐만 아니라 자신에게 힘이 되어 준 이들에게
항상 감사해하고 보답하는 친구. 너무나 빡빡한 스케줄
로 바쁜 와중에도 먼저 안부를 묻는 친구. 2년 이상을 봐
온 그 친구는 이제 내겐 평생을 알고 지내는 깊은 '인연'
이 됐어. 많은 사랑 뒤에 힘든 시기를 겪고 있는 내 친구
에게 이런 메시지를 전하고 싶어.

삶의 굴곡을 겪으면서 우리는 어디를 향해 가는 걸까.
얼마나 힘들지 알면서, 어떤 게 힘든지 알면서도
어떻게 해 줄 수도, 어떠한 힘도 줄 수 없어서
그저 뒤에서 지키고 있다, 자리를.

정답도 해답도 없는 삶이지만,

답이 아닌 그저 네 마음을 꺼내 놓을 누군가 필요하면 언제든 연락해.

말하지 않아도 알고 있는 것들, 알고 있지만 아무도 말해 주지 않은 것들.

큰 힘이 되지 못해도, 큰 힘을 주진 못해도 난 늘 친구로서 네 곁에 있어.

다음번에 우리 만날 땐 이유도 묻지 말고, 원망도 묻어 두자.

누가 파내지 못하게 아주 깊게 파서 그 속에 전부 다 묻어 버리자.

다시는 세상에 나오지 못하도록 아주 단단하게 묻어서 없애 버리자.

그리고 아무도 말해 주지 않아서 듣지 못한 그 말들은
내가 원 없이 실컷 해 줄게, 친구야.

또 한 친구를 소개할게.

동갑내기에 비슷한 직업을 가졌지만 나와는 조금 다른 분야에서 일하는 친구가 있어. 군대에서 만난 이 친구와 나는 서로 비슷한 직업군에 있다 보니 생각도 대화도 잘 통하는 친구였어. 휴가를 나와서 친구와 만났던 어느 날, 우리는 서로의 마음 깊숙이 숨겨 둔 상처와 아픔을 밤새도록 대화로 나눴어. 우리는 전역 후에도 만남을 계속 이어 갔고, 늘 서로를 응원하고 직언해 주는 몇 안 되는 인연이 됐지.

하루는 친구가 새집으로 이사를 가서 집들이 초대를 받아 놀러 갔어. 문을 열고 들어가자 분위기 있는 조명과 맛있는 요리 냄새, 어디서 많이 들어 본 음악이 흐르고 있더라. 친구의 플레이리스트엔 온통 내 노래로 가득 차 있었어. 나를 위해 맛있는 요리를 준비해 준 친구와 오랜만에 서로의 근황을 공유하고 이야기를 나누며 기분 좋은 저녁을 보냈어.

그렇게 이야기가 깊어지던 자정쯤 친구가 내게 해 준 이야기가 있는데, 요즘 들어 자주 생각이 나. 당시 나는 군

전역 후에 전 소속사와의 소송과 방송으로 인한 스트레스 때문에 슬럼프가 찾아와서 몇 년째 활동을 쉬면서 다른 아티스트들의 앨범 제작과 강연 활동을 하고 있었어. 그런데 그날 친구가 내게 이런 이야기를 해 줬어.

"옥철아, 난 네가 후배들 도와주는 것도 좋고, 청소년들 만나러 매일 강연 다니는 것도 좋고, 키즈 카페 사업을 하는 것도 다 좋은데, 음악을 할 때가 가장 멋있어 보여. 그리고 네가 다른 일을 하면서도 음악만큼은 내려놓지 말고 꼭 계속했으면 좋겠어. 우리가 얼마나 이 일을 지속할 수 있을지는 모르겠지만, 만약 평생 이 일을 하려면 적어도 한순간도 내려놓으면 안 된다고 생각해. 쉬는 기간이 길어지면 분명 어떤 식으로든 우리의 감각이 무뎌질 수밖에 없잖아. 너의 섬세한 표현과 가사와 음악이 뿌옇게 흐려지지 않았으면 좋겠어. 그러니까 아무리 힘들어도 완전히 내려놓지는 말자. 아무리 바빠도 꾸준히 창작하고 노래를 계속했으면 좋겠어. 난 영원한 아웃사이더의 팬이거든."

당시에는 그저 고마운 친구의 조언 정도로만 들었던 그

날의 대화가 코로나 폭풍이 들이닥친 지난 2년 동안 매일같이 떠오르고, 가장 절실하게 와닿는 이야기가 될 줄은 꿈에도 몰랐어. 잘되던 사업도 어려워지고 매일 다니던 강연도 사라지고, 그 큰 키즈 카페에 혼자 남아 마감을 하면서 몸과 마음이 만신창이가 됐는데, 친구의 이야기가 진흙탕 속을 허우적대던 나를 버티고 견딜 수 있게 해 줬어. 친구와의 대화가 나를 다시 노래할 수 있게 해 주고, 살아가는 방법을 다시금 찾게 해 줘서인지 아직도 내 귀에 선명하게 들리는 것 같아.

그 친구의 이름은 정경호야. 드라마 〈슬기로운 감방생활〉과 최근 시즌2까지 성황리에 종영한 〈슬기로운 의사생활〉에 나온, 냉철해 보이지만 누구보다 따뜻한 배우야.

어린이집, 유치원, 초등학교, 중학교, 고등학교, 대학교 등 학창 시절은 친구와 하루 중 가장 많은 시간을 함께하는 시기이고, 그때부터 친구라는 존재는 평생을 살면서 가장 의미 있는 관계 중 하나가 되잖아. 친구 때문에, 친구 덕분에, 친구라는 이유로, 친구니까, 친구라는 이름으로 다투고 싸우고 부대끼면서도 그로부터 힘을 얻기도 하면서 말이야.

너도 한번 생각해 봐. 지금 네 주변에 어떤 친구가 남아 있는지, 어떤 인연이 네 곁에 있는지 말이야. 그리고 네가 그 인연을 지키기 위해 어떤 노력을 하고 있는지 살펴봐. 친구라는 이름으로 서로에게 부담을 주고 짐이 되는 게 아닌, 힘이 되는 관계를 만들기 위해 노력해 보자. 눈을 감고 내 친구의 얼굴을 떠올려 보고, 이름을 불러 보자. 그리고 다음에 만날 땐 고맙다고 먼저 이야기해 보는 거야.

좋은 사람은 어떤 사람이고, 좋지 않은 사람은 어떤 사람일까? 우리는 어떻게 그 둘을 구별하고 판단할 수 있을까?

시시각각 빠르게 변하는 세상에서 영원히 믿을 수 있는 사람을 섣불리 판단하기 힘든 지금, 누가 내 편이고 적인지, 나에게 이득을 주고 해를 끼치는지를 구별하는 것은 쉽지 않아.

나에게 힘이 되는 좋은 이야기만 해 주는 친구가 좋은 사람인 걸까, 나에게 도움 되라고 듣기 싫지만 있는 그대로 말해 주는 친구가 좋은 사람인 걸까. 사실 사람과 사람

사이의 대화와 행동은 여러 상황과 요소에서 나오는 복합적인 것이기 때문에 미묘한 차이를 판단한다는 건 상당히 주관적일 수밖에 없어.

그럼 우리는 어떻게 판단해야 할까? 내가 인간관계에서 가장 큰 가치를 두고 있는 게 어떤 건지, 나는 어떤 성향의 사람인지 알면 쉽게 답을 찾을 수 있어.

예를 들어 누군가 내 곁을 떠난다고 말했을 때 내가 이별에 초연한 사람인지 생각해 봐. 많은 것을 함께 나누었던 사람이 어떠한 이유나 계기로 떠난다고 했을 때, 감정적으로 크게 동요하지 않는 사람인지 상처나 아픔을 느끼는 사람인지 말이야. 솔직히 말하자면 나는 그 사람이 왜 떠나는지, 누가 무엇을 잘못했는지, 어떤 문제가 있어서 그러는 건지 궁금해. 이유를 알고 난 다음에도 헤어져야 한다는 것 때문에 마음이 아프거든.

이별에 초연한 사람은 이별의 이유가 별로 궁금하지 않거나 이해돼서 자연스럽게 납득하는 유형이겠지. 이런 타입의 사람들은 애초에 성향을 타고났거나 과거에 비슷한 이별과 상처를 받아서 스스로를 방어하는 기제를 만들었을 수도 있어. 이런 사람들은 어느 정도 거리를 두고 천천히 사람을 대하고 파악하기 때문에 관계의 범위가 넓진 않아도 신중하고 폭이 깊은 인간관계가 형성되거든. 이런 타입에겐 사실 좋은 사람도 나쁜 사람도 크게 중요하지 않아. 도움을 받으면 자기도 도움을 주면 되는 것이고, 자신에게 피해를 입히지 않는 한 크게 나쁠 것도 없다고 생각하기 때문이야.

반면에, 이별에 감정적 상처를 느끼는 타입이라면 좋은 사람과 나쁜 사람에 대한 정의도, 소통 방식과 이별에 대한 대처 방식에도 모두 감정적일 수 있어. 나에게 조금이라도 도움을 주거나 마음을 표현하면 금세 좋은 사람이라고 인식하다가도 상황이 바뀌어서 상대방이 표현하지 않거나 도움을 주지 않으면 변했다고 생각해서 이유를 찾으려고 궁리하거든. 애초에 누군가 큰 이유 없이 호의를 베풀 수도 있고, 목적이나 계획을 가지고 접근해서 호의를 베푸는 척하고 원하는 것을 얻어 갈 수도 있잖아. 그런데 이러한 타입의 사람들은 대부분 누군가 나에게 관심을 갖거나 도움을 준다는 사실에 먼저 집중하는 경향이 있어. 시간이 흐르면서 차곡차곡 생기는 믿음이나 신뢰가 관계의 바탕이 되기 전에 행위와 상황에 집중하다 보니 깊고 단단한 관계가 형성되지 않는 거야. 이런 타입은 상처받는 걸로 끝나지 않고 상대방을 원망하거나 비방하고 공격하는 반사 행위를 하기도 해.

그래서 우리는 자신이 어떤 타입의 사람인지를 솔직하고 분명하게 파악할 필요가 있어. 관계에 초연하고 자신의 기준을 확고히 세우는 사람인지, 기준 없이 상대방 행위에만 집중하다 상처받고 실망했다는 이유로 남을 비방하면서 사는 사람인지 말이야. 친구라는 게 좋은 관계일 때는 나에게 큰 힘을 주는 대상이지만, 좋지 않은 관계가 되거나 부정적인 에너지를 끼치는 관계가 되면 그보다 힘든 게 없어. 나를 잘 아는 만큼 나를 괴롭히고 힘들게 하고, 압박감을 주는 관계는 잘못된 예라고 할 수 있지.

친구는 서로 대화와 시간을 나누는 관계여야 하지, 자신의 만족이나 공허함을 채우는 수단으로 생각하기 시작하면 결코 좋은 관계가 될 수 없어. 공허함은 결코 타인을 통해 완벽히 채울 수 있는 게 아니니까. 그건 내 안에서 찾고 스스로 채워야 하는 건데, 친구에게 기대하게 되면 당연히 언젠간 불만족스럽고 실망스러워질 수 있거든. 결국 친구는 타인이고, 내가 아니니까.

그러니까 상대방이 어떤 사람인지, 자신이 어떤 사람인지 잘 봐야 해. 나도 학창 시절에 그런 친구로 인해서 감정을 소모하고 꽤 깊은 상처를 받았거든.

친구들 사이에서 유난히 잘 삐지고 서운해하는 친구가 있었어. 우리끼리는 문제없이 잘 지낸다고 생각했는데, 일주일에 한두 번씩 꼭 그 친구 때문에 사건이 터지더라고. 대화하다가 갑자기 화를 내거나 일방적으로 친구들끼리 대화하는 채팅방을 나가 버리는 등 돌발 행동을 하니까 나나 다른 친구들은 그 친구가 왜 그러는지 매번 걱정해야 하고 신경 쓸 수밖에 없었어.

기분을 풀어 주려고 하면 그때 자기 얘기를 우리에게 막 쏟아 내곤 했는데, 그때마다 우린 들어 주고 달래 주느라 스트레스를 많이 받았어. 얘기하다 보면 결국 다툼으로 이어지는 경우가 태반이었지. 그 친구는 자기가 우리에게 매번 무언가를 해 주었는데, 그만큼 돌아오지 않는 것 같아 서운하고 화가 나는 것 같았어.

'난 하루에 한 번씩은 먼저 연락하는데 넌 왜 먼저 연락하지 않냐' '네 생일 때 내가 선물 챙겨 줬는데 넌 내 생일을 기억 못 해서 뒤늦게 챙기지 않았냐' 'A랑은 주말마다 같이 놀면서 왜 나랑은 만나기가 힘드냐' 등등.

처음엔 그 친구의 애정과 감정이 느껴져서 고맙고 미안해서 달래 주다가, 이런 상황이 너무 자주 반복되니까 나도 친구들도 점점 지치게 되더라고. 먼저 해 달라고 한 것도 아닌데 이렇게 매번 귀찮고 피곤하게 만들 거면 성의도 호의도 필요 없으니까 차라리 자주 안 봤으면 하는 생각까지 들었어.

그 친구의 마음을 이해하지 못하는 건 아니야. 하지만 친구라는 관계가 잘해 주든 못해 주든 서로를 편안하게 해 줄 때 힘이 되는 거지, 의무나 강요에 의해서 마음을 쓰고 행동하는 게 아니잖아. 그건 오래 못 가니까. 시간이 지나고 보니 그때 왜 관계를 깔끔하게 처리하지 못했나 하는 후회가 들기도 했어.

고민하고 힘들어하는 동안 좋은 친구들과의 관계에 소

홀하게 됐거든. 그 친구와의 관계 때문에 다른 누군가에게 마음을 열고 가까워지는 것을 경계하게 됐어. 누군가가 내게 다가오려고 하면 지레 겁을 먹고 선을 긋고, 벽을 쳐서 그 뒤에 숨어 버리거나 일부러 냉랭하게 굴었던 것 같아. 그러니까 자신이 어떤 사람인지를 잘 파악해야 해. 그리고 나서 이제 상대를 파악해 보면 돼. 함께 있는 친구가 나와 비슷한 타입의 사람인지 아니면 나와는 다른 유형의 사람인지 말이야. 노력해서 바꿀 수 있으면 좋겠지만 대부분은 자신의 인생을 바꿀 만큼의 계기나 뼈를 깎는 노력이 있지 않는 이상 쉽게 변하지 않거든.

우리가 첫 번째 유형인지 두 번째 유형인지도 중요하지 않아. 나와 상대가 비슷한 유형이면 자연스럽게 만남이 지속될 거고, 다른 유형이라면 만나더라도 다투고 충돌하다 둘 중 하나는 소모될 테니 애초에 만나지 않는 게 서로에게 좋을 거야. 유유상종이라는 말이 있잖아. 끼리끼리 모이고 끼리끼리 살아가는 게 인생이니까.

불공평하기에 기회다

기회를 잡는 사람은 어떤 사람일까. 사람들은 대부분 기회를 인식하지 못하고 지나쳐 버리거나 안타깝게 놓치곤 하지. 그런가 하면 다가온 기회를 잡는 소수의 사람들이 있어. 그들은 선택받은 것일까? 아니, 그들은 선택한 거야. 무엇을? 기회를? 아니, 기회는 선택받는 것이 아니야. 선택해 나가는 과정인 거지.

대학 입시 준비에 한참이던 고등학교 3학년 때 난 신문방송학과를 목표로 수시 준비를 했었어. 어렸을 적부터 글 쓰는 걸 좋아했고, 커서 언론인이나 작가가 되는 게 꿈이었거든. 교내 논술 대회나 글짓기 대회에 나가서 입상하기도 해서 글 쓰는 데 꽤 자신이 있었어.

그러다 수능시험을 봤는데, 완전히 망쳐 버렸어. 남은 건 수시 전형밖에 없었는데, 그것도 내 뜻대로 되지 않았지. 그때 정말 많이 힘들었고 절망했던 것 같아. 수능시험도, 수시 전형도 다 망치고 나니까 오직 대학 입학을 위해서 달려 왔던 그동안의 시간이 너무 아깝고 억울하더라고.

엄청 웃기고 슬픈 에피소드 하나 말해 줄까? 나중에 졸업을 앞두고 알게 된 사실인데, 수시를 준비하다가 마지막으로 참가했던 논술 대회에서 내가 고등부 전국 1등을 했더라고. 그런데 이게 착오가 생겨서 제때 나한테 전달되지 못했고, 원하던 대학교의 수시 원서 접수 기간이 끝나고 나서야 연락을 받게 됐어.

그때 한 번 더 좌절하고 절망했던 기억이 나. 학창 시절을 통째로 날려 버린 것 같았거든. 학교에서 했던 모든 것들, 대학이라는 목표를 보고 달려 왔던 모든 시간이 송두리째 날아간 것 같아서 너무 억울했어. 그것도 내가 아닌 누군가의 잘못 때문에 말이야. 왜 나한테 이런 일이 일어났는지, 누구를 원망해야 할지도 막막했어. 그렇게 대상

없는 원망을 하면서 내 십대의 마지막과 이십대를 시작
했지.

재수는 너무 하기 싫어서 편입을 목표로 2년제 전문대
학의 영어과에 진학했어. 1년 동안 학교를 다니면서 하루
종일 영어 공부만 했는데, 그 시간이 내겐 너무 힘들었어.
스무 살이 되면 하고 싶은 걸 하면서 살 수 있을 거라고
기대했는데, 여전히 제자리에서 헛걸음하고 있는 것 같
았어. 이대로는 안 되겠다는 생각이 깊어졌고, 고민 끝에
학교를 그만두고 취미로 하던 음악을 본격적으로 해 보
기로, 직업으로 삼아 보자는 결심했어. 글 대신 가사와 음
악으로 내 이야기를 꺼내 놓고, 나만의 방식으로 내가 하
고 싶은 이야기를 하는 사람이 되어 보자고.

그렇게 본격적인 음악 인생이, 래퍼로서의 삶이 시작
됐어. 지금 되돌아보면 세상 전부를 잃어버린 것 같았던
그때의 내가, 불행하다고 생각했던 당시의 시간이 오히
려 기회를 잡는 계기가 됐던 것 같아.

만약 그때 글쓰기 상을 제대로 받고, 원하던 대학에 수

시로 입학해서 언론인이나 작가가 됐다면? 물론 그것도 의미가 있었겠지만, 현재 지금의 내 모습은 없을 테니까. 무대 위의 내 이름, 아웃사이더. 상처를 치료해 줄 사람을 찾아서 누구보다 빠르게 노래하는 래퍼 아웃사이더는 이 세상에 존재하지 않을 테니까.

아마 그 당시의 실패와 누군가의 실수가, 그 순간의 내 선택이 지금의 내 모습과 삶을 만든 기회이지 않았을까? 대부분의 사람들은 기회라는 걸 어떤 식으로든 잡아야 하고 쟁취하는 대상으로만 생각하는 경향이 있는데, 그게 전부가 아냐. 기회가 목적이 돼서는 안 돼. 기회는 과정인 거야. 그렇기에 무수히 많은 기회들이 우리 주변을 맴돌고 있는 거야. 기회는 우리 주변을 떠다니다가 갑작스럽게 만들어지기도 하는 거지.

기회란 그런 거야. 목적으로써 기회를 쫓아서는 잡을 수 없어. 기회는 생기는 순간 사라질 수도 있고, 인식하지 못하고 살아가는 매 순간이 또 다른 기회일 수도 있어. 목적으로 생각하며 기회를 쫓다 보면, 기회를 아주 특별해서 쉽게 만나거나 잡기 힘든 것으로 만들게 되더라고.

그렇게 기회가 오지 않는다고 느끼는 순간이 불평등하다고 생각해서 불행하다고 느끼면 세상을 원망하게 돼. 기회란 애초에 불평등하기에 기회일 수 있는 거야. 사람들은 자기가 불평등하고 불공정한 삶을 살아서 불행하다고 느끼기 때문에 기회를 쫓으려고 하는 거야. 그러다 영영 기회를 잡지 못하면 원망이라는 편협한 감정만 갖고 살다가 죽는 거지. 남과 자신을 비교하고 탓하고 원망하면서, 스스로가 가장 불행하다고 느끼면서.

기회는 애초부터 불평등하게 주어지니까 이제 기회를 쫓는다는 허황된 꿈은 버리는 게 좋을 거야. 우리의 삶은 지금 이 순간에도 계속 흘러가고 있고 앞으로도 그럴 테니까. 흘러가는 이 순간, 이 시간을 조금이나마 행복한 마음으로 살아가는 것. 그게 진정한 기회가 아닐까? 우리는 늘 더 행복해질 수 있는 기회 속에서 살고 있는 거야. 어제보다 오늘, 오늘보다 내일 더.

인연이란 갑작스럽게 우리 앞에 나타나거나 자연스럽게 곁에 머물기도 하고, 언젠가는 떠나기도 해. 그리고 반대로 밀어내려고 하면 자석처럼 당겨지기도 하고.

그래서 나한테 인연은 준비되지 않은 상태에서 갑자기 나타나거나 발견할 새도 없이 곁에 있기도 해. 그런 인연을 알아채면 나에게서 훌훌 떠나 버릴 것 같아 안간힘을 써서 잡으려 하는데 그러지 못할 때도 있어. 반면에, 밀어내려고 하면 찰싹 붙어 있기도 하고.

떠났다고 슬퍼하며 목 놓아 울던 자리에 누군가가 오고, 불만이 가득해도 누군가 있어서 위안이 되고, 영영 못

볼 줄 알았는데 어느 순간 어디선가 다시 만나게 되고, 늘 내 곁에 있을 것 같다가도 문득 훨훨 날아가 버릴지도 모르는, 그런 게 인연이더라.

당시만 해도 그저 스쳐 지나간 인연이었지만 한참 뒤에 다시 만났을 땐 내게 없어서는 안 될 사람이 될 수도 있고, 처음 만났을 땐 그저 그렇다고 생각했는데 대화를 나눌수록 이렇게 마음이 통하는 사람이 또 없다고 생각되는 사람이 있지. 아무리 설명해도 못 알아듣는 사람이 있고, 자세하게 설명해 주면 조금이라도 알아듣는 사람이 있고, 뭐라고 말하기 전에 내 속마음을 알아채고 먼저 말을 건네는 사람이 있어. 가끔 가슴이 답답해서 누구라도 붙잡고 미친 듯이 내 속을 털어놓고 싶을 때 아무리 바빠도 한걸음에 달려와 주는 이가 있고, 누구와도 말하고 싶지 않아서 혼자 있고 싶을 때 슬며시 자리를 비켜주는 이가 있어.

사람의 인연을 보면 당사자가 보여. 인연이란 그렇게 나를 찾아가는 과정이야. 나를 찾는 인연, 내게 남은 인연, 나를 떠난 인연, 내가 잡은 인연 등 여러 인연의 지도를 보며 나를 찾아가는 과정이 곧 인생이야. 때로는 삶이 세상 지독하게 고독해서 혼자라고 느껴지지만, 지구 반대편 어딘가에 나의 맘을 알아주는 사람 하나쯤은 있지 않을까. 전혀 다른 세상에서, 다른 시간에, 다른 환경에서 태어나서 다른 삶을 살다가 우연히 만나 술잔을 부딪치며 삶을 이야기하다가 서로 너무도 비슷한 감정과 아픔을 느끼고 있다는 생각이 드는 그런 사람 말이야.

할 말이 많았어. 만나고 알았어. 날 가장 잘 알고 있는 게 당신이었어.

다시 만날 날을 생각해 본 적 없어. 마치 깨문 자국처럼 남은 상처가 아물질 않아서

아파도 아무런 반응을 할 수가. 아! 담을 수도, 닫을 수도, 감을 수도, 만날 수도,

말할 수도, 반길 수도. 아! 돌아보면 시간이 흐르고 나니 이런 감정이 그리워지곤 해.

빈곤에 쩔어서 제대로 느끼지 못하고 완전히 메말라 버린

감정에 목매.

　나도 나대로 할 말이 있어. 나 역시도 감정이 있어.

　나를 모르는 사람들이 나를 향해서 얘기할 때, 욕을 할 때,
손가락질할 때

　지구 반대편 어딘가 나의 맘을 알아주는 사람 있을까.

—〈나 N.A〉, 아웃사이더 × 간종욱, 2021

　나한테는 아주 소중하고 든든한, 간종욱이라는 형이
있어. 형은 난치병 후종인대골화증으로 인한 투병 생활
을 이겨 냈어. 후종인대골화증은 척추관의 움직임을 지
지해 주는 후종인대가 여러 원인에 의해 뼈처럼 딱딱하
게 굳어져 신경을 찌르거나 압박하는 질환이야. 심할 경
우에는 사지마비로 이어질 수 있는 무서운 병이지.

　형은 수술 후 오랫동안 재활하면서 힘든 시간을 보냈
지만, 지금은 다시 마이크를 잡고 노래하고 있어. 더 간절
해진 목소리와 깊은 울림으로. 죽다 살아난 형은 목에 남
은 긴 수술 자국 위에 딸의 이름을 문신으로 새겼어. 형은

자신에게 소중한 것들을 평생 잊지 않기 위해서 하나씩 자기 몸에 새기는 거라고 말했지. 내가 아프지 않았냐고, 힘들지 않았냐고 묻자 형은 이렇게 되물었어.

"너는 아프지 않았냐?"

"너는 힘들지 않았냐?"

크기는 상대적인 것일 뿐, 누구나 아프고 힘든 게 인생이라고 형은 말해 줬어. 형은 내게 누군가를 위한 삶이 아닌, 너 자신을 위한 삶을 살았으면 좋겠다고 했지. 또 우리는 서로에게 기대거나 기대하는 것이 없기 때문에 서운한 일이 없을 거라고 했어. 나는 그런 형이 든든하고 멋있다고 생각해. 그래서인지 오늘같이 고단한 하루를 보내고 집에 들어가는 길이면 문득 형이 생각나. 자연스럽게 서로 의지하고 있는 우리의 주옥같은 시간이 떠오르면서 말이야.

인연과 기회를 내 품에!

레드카펫
(J. Star Ver.)

더 이상 누구도
내게는 힘이 되지 않아
아무도 내 말을 들어 주지 않아
그럼에도 난 평생토록
내 이야기를 하며 살아간다는 것이
얼마나 힘든 일인지 말이 없는
답이 없는 조용한 행복 속에서
논쟁이나 경쟁 따위는
내게는 아무 의미 없어
기나긴 단절의 시간 동안
꽉 붙잡은 펜을 내려놓고는
나지막이 속삭여 오늘이 마지막이 아니기를
내 작은 맘이 세상에 닿길 바라며
서툰 나로 인해 상처받은 사람들과
그들과 살아가는
내 삶을 다시 그리면서
오늘도 그저 써 내려갈 뿐

—《오만과 편견》, 2015

인연과 기회를 내 품에!

나락에 핀 꽃

두 눈을 감고 내 팔과 다리를 멈춰
물 위로 떠다니며 새파란 하늘을 응시해
이 바람과 바다와 파도의 출렁거림을
몸으로 맞닥뜨리면서 잡은 손을 놨지 너와 나 동시에
소녀는 물속에서 세상과 대화를 해
가볍게 떨리는 가녀린 팔은 거침없이 물살을 가르고
매끄럽게 이어진 허리는 물방울을 튕기며
부드럽게 내게로 휘어지네
뭔가를 말하고 싶어 하는 눈엔
담을 수 없는 세상의 무게가 눈망울 가득 맺혀 있고
다문 듯 다물어지지 않은 분홍빛 입술엔
남모르는 기쁨과 슬픔
환희와 절망이 짙고 깊게도 묻어 있어
나 지금 울고 있니?
차갑게 떨고 있는 몸과 맘을 감싸고
말없이 손을 잡아당기네
미소가 예쁜 소녀는
그렇게 그곳에서 나를 기다렸지 언제나

—《Soliloquist》, 2007

인연과 기회를 내 품에!

슬피 우는 새
(feat. 이수영)

내일이면 사라질 거야
소리 없이 불어 왔던
아픔도 슬픔도 고통도 계절이 바뀌면 모두 없어질 거야
그리곤 홀연히 사라진 당신
스쳐 간 바람처럼 영영 떠나가 버린 당신

달콤한 인생과 끝없는 외로움은 데칼코마니
행복을 부르는 주문을 맘속으로 수없이 외쳐 본다
반쯤 감긴 눈으로 잠든 외로움을 달래 본다
밤이 지나고 바위틈에서 꽃이 피면 그대는 올까
하염없는 빗물은 가엽게도 가녀린 낙엽처럼 춤을 추고
하릴없이 피고 지는 내 맘을 알까

—《슬피 우는 새》, 2013

인연과 기회를 내 품에!

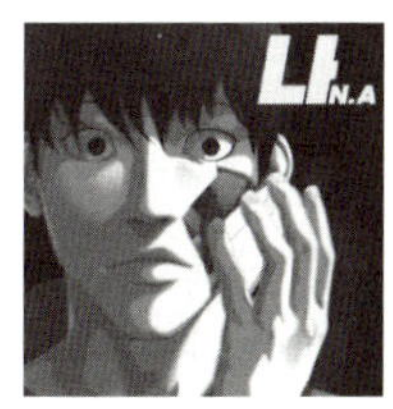

나 N.A
(아웃사이더×간종욱)

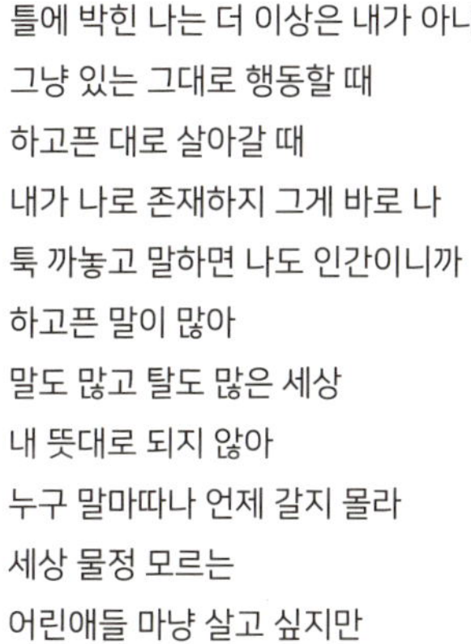

틀에 박힌 나는 더 이상은 내가 아냐
그냥 있는 그대로 행동할 때
하고픈 대로 살아갈 때
내가 나로 존재하지 그게 바로 나
툭 까놓고 말하면 나도 인간이니까
하고픈 말이 많아
말도 많고 탈도 많은 세상
내 뜻대로 되지 않아
누구 말마따나 언제 갈지 몰라
세상 물정 모르는
어린애들 마냥 살고 싶지만

I believe in me 난 나만의
세상 속에 살아가
I believe in me 난 나만의
내 길을 걸어가

—《나 N.A》 2021

# #
바꿔라

위기를 기회로!

〈복면가왕〉을 준비하느라 정신없을 때 딸이 그러더라. 아빠는 왜 맨날 일만 하냐고. 왜 요즘 더 바빠졌냐고. 그래서 딸에게 얘기해 줬어. 아빠가 진짜 사랑하는 일을 다시 하려고 한다고 말이야. 그래서 꼭 서 보고 싶었던 무대에 서야 한다고. 그래서 무대가 끝나면 같이 거품 목욕도 하고, 그림도 그리고, 퍼즐도 맞추자고 딸과 약속했어. 〈복면가왕〉 촬영을 마치고 방송이 나가고 나니까 딸이 그러더라.

"아~ 아빠 여기 나오느라 바빴구나! 우리 아빠 가수네!" 라고 말이야.

그날 밤 우린 살이 물에 퉁퉁 불 때까지 함께 거품 목욕을 했어.

난 어렸을 때부터 가수가 꿈이었던 사람은 아니었어. 그래서 노래를 많이 부르거나 잘 부르지는 못했지. 힙합이라는 장르에서 가수 활동을 하면서도 거의 20년 동안 속사포랩이라는 영역만을 연구하고 연습하다 보니 나만의 특화된 발음과 리듬감이 생겨서 다른 가수들의 노래를 부르는 게 생소하고 힘들었어. 가수가 직업이 되고 나서는 누군가의 노래를 부르거나 가사를 외워 본 적도 없으니 말이야.

그래서 〈복면가왕〉을 출연해서 어떤 노래를 불러야 할지 많이 고민했어. 그러다 음악을 일이 아닌 순수하게 음악으로 대했던 시절을 떠올리게 됐고, 그 당시에 즐겨 듣던 음악들을 선곡하게 된 거야. 서태지와 아이들, 패닉, 듀스……. 나에게는 어린 시절의 우상들이지. 〈하여가〉는 어린 시절에 '멋'이 무엇인지 처음 느끼게 해 준 노래였고, 〈달팽이〉는 '외로움'이 무엇인지를 처음 알게 해 준 노래였거든. 내게 감정을 처음 제대로 느끼게 해 준 노래들 그런 곡을, 그런 아티스트들의 곡을 〈복면가왕〉이라는 멋진 무대에서 직접 부르게 돼서 너무나 행복했어.

스스로에게도, 내 음악 인생에도 그 의미가 남달랐지. 사실 복면을 쓰고 노래하는 게 어떤 기분일까 궁금했고, 복면을 쓰면 많이 불편하지 않을까 걱정했는데 실제로 복면을 쓰고 무대를 준비하고 노래하면서 전혀 다른 걸 느낄 수 있었어. 복면, 즉 가면을 썼기 때문에 오히려 진짜 나를 꺼내 놓을 수 있었던 거야. 대부분의 사람들이 누군가에게 보여지는 모습을 신경 쓰며 살다 보니 진짜 내 모습을 보여 주지 못하잖아. 오히려 복면을 쓰고 무대에 오르면서 그런 의식과 편견에서 자유로워지고, 진짜 내가 하고 싶은 동작을 하면서 에너지를 낼 수 있었던 것 같아. 그렇게 복면을 벗고 정체가 밝혀진 순간부터는 오히려 편안하고 자연스럽게 나라는 사람을 보여 줄 수 있었던 것 같고.

복면이라는 수단을 통해 내 안의 나를 끄집어내서 보여 줄 수 있었던, 다시금 무대라는 게 얼마나 소중하고 중요한 공간인지 절실하게 깨달을 수 있었던 시간이었어. 그렇게 〈복면가왕〉의 '마지막 잎새'는 떨어지지 않고 겨울을 버텼어. 비록 1라운드에서 탈락했지만.

유튜브 채널 '딩고 프리스타일'의 킬링벌스. 생각보다 작은 스튜디오에서 많은 스태프가 진행하는 걸 보고 놀랐던 기억이 나. 촬영 스케줄이 잡히자 나는 셋 리스트를 구상하고, 10~15분 동안 어떤 노래를 몇 곡이나 리믹스할지 생각했어. 〈외톨이〉〈주변인〉〈주인공〉 등 대중에게 많은 사랑을 받은 히트곡들과 〈Hyper Soar〉〈Freedom〉〈Octagon〉〈Better Than Yesterday〉 등 스킬과 속도감이 담긴 곡들, 〈슬피 우는 새〉〈연인과의 거리〉〈D.M.F〉 등 메시지와 서정성이 묻어나는 곡들을 크게 세 분류로 추린 다음 MR(Music Recorded) 작업에 들어갔어.

레코딩된 시기로 보면 거의 20년 동안 만들어지고 발표된 곡들이다 보니 예전 곡과 최근 곡 사이의 간극이 꽤나 컸어. 하지만 시대적 흐름과 유행하던 사운드, 나 자신의 변화와 발전, 시도와 고집을 있는 그대로 기록했고, 모든 걸 한 목소리로 부르는 데 포인트를 맞추고 사운드적인 통일이나 가감 없이 당시의 비트와 사운드를 그대로 리믹스하고 밸런스와 톤 위주로 조절했어. 그렇게 〈외톨이〉로 무대를 열고 대중에게 많은 사랑을 받았던 히트곡을 초반에, 스킬풀하고 에너지 넘치는 트랙을 중반에, 메시지와 서정성이 드러나는 트랙을 후반에 배치한 셋 리스트를 완성했어. 〈외톨이〉-〈Better Than Yester-day〉-〈D.M.F〉를 변곡점으로 연결된 전개의 곡 구성이었지.

시간에 여유가 있었다면 사람들에게 더 들려주고 싶은 곡이 많았지만, 히트곡 메들리를 무대에서 한 번도 불러 본 적이 없었기 때문에 곡 선정에서 다양한 시도를 하기보다는 기존에 많이 불러 온 선곡 리스트에 섬세함과 깊이를 더하는 방향으로 목표를 설정하고 연습했어. 첫 앨범을 내고 활동하던 초창기의 내 목소리와 톤이 상당히 높고 날카로워서 그때처럼 소리 낼 수는 없었지만, 곡의 특징대로 거친 톤을 살리되 듣기 불편하지 않을 정도로 전체적인 질감을 잡고 오랜만에 연습하는 시간 내내 몰입했던 기억이 나. 곡 전체를 부르는 게 아니라, 곡마다 노래의 절인 벌스(Verse)나 후렴구인 훅(Hook)을 추려서 부르는 메들리다 보니, 오히려 특정 부분을 집중해서 부를 때 박자와 톤, 느낌을 그때그때 미묘하게 다르게 뱉어 내는 데서 오는 희열이 느껴지더라고.

기억에 남는 점은 곡에 따른 조명 컬러와 패턴을 제작진과 미리 상의하는 과정이었어. 여태까지 작업했던 뮤직비디오나 스튜디오 촬영에서는 조명이나 무대 색감에 대한 논의를 미리 자세하게 정하기보다는 현장에서 조명 감독님이 임의로 진행했던 터라 크게 신경 쓰지 않고 논의했는데, 라이브 영상이 업로드되고 나서야 조명 회의가 상당히 중요한 연출 포인트였다는 걸 알게 됐어. 어쩐지 그동안 해 왔던 스튜디오 라이브 촬영과 다르게 스태프들이 이상할 정도로 일찍부터 자체 리허설을 준비하더

라. 역시 많은 이에게 사랑받는 콘텐츠는 자기만의 확고한 아이덴티티와 컬러가 있고, 그걸 만들고 유지하고 발전시키는 데 남들보다 많은 시간과 노력을 들인다는 걸 새삼 깨달았어.

킬링벌스 촬영장은 놀라움의 연속이었어. 생각보다 일찍부터 리허설을 준비하는 데 놀랐고, 생각보다 훨씬 작은 스튜디오 크기에 놀랐고, 생각보다 훨씬 많은 스태프가 있어서 놀랐고, 화면에서만 보던 현란한 조명이 후반 보정이 아닌 현장 조명 세팅으로 진행된다는 사실에 놀랐고, 그 많은 스태프와 조명, 음향과 스탠드 마이크가 앞에 선 MC(Microphone Checker) 한 명에게 집중한다는 사실에 놀랐어. 그래서 랩을 뱉는 그 순간만큼은 오로지 내 노래와 나 자신에게 집중할 수 있어 놀라울 정도로 즐겁고 흥미로운 시간이었어.

킬링벌스는 대중에게 알려진 것처럼 원 테이크로 진행되는데, 여기서 오는 재미와 매력이 남달라. 긴 시간 여러 곡을 불러야 하기 때문에 틀리거나 혀가 꼬였을 때 그 자리에서 촬영을 멈추고 처음부터 부를지 아니면 넘어갈지 선택해야 하거든. 완벽한 플레이도 중요하지만 자연스러운 흐름이 나름의 색다른 재미를 주기도 하니까. 어쨌든 목소리와 반주를 모두 녹음한 다음 편집되고 믹스된 완벽한 AR(All Recorded)이 아닌, 현장감이 담긴 라이브 AR이기 때문에 완벽한 플레이보다는 자기가 보여 주고자 하는 순간을 잘 표현하고 끄집어내는 것이 결과적으로 더 완성도 있는 작품을 만들 수도 있는 거였어.

킬링벌스의 가장 큰 매력은 '몰입'에 있어. MC가 몰입할 수 있는 최상의 시간과 공간을 스태프들이 만들어 주고, 그 안에서 MC는 자유롭게 헤엄치면 되거든. 준비해 온 것들을 단순히 부르기보다는 내 안에 쌓이고 내재되어 있는 것들을 자유롭게 끄집어내고 풀어내는 느낌이랄까. 그리고 몰입하는 동안 과거의 나로 돌아가는 경험을 할 수 있었어, 마치 타임머신을 탄 시간 여행자처럼.

'온전히 나 자신에게 집중하는 순간'이 이렇게 마법 같은 행복한 시간을 내게 준 것처럼 너희도 한번 떠올려 봐.

마지막으로 온전히 나 자신에게 집중했던 순간이 언제였는지. 이 마법과도 같은 순간은 분명 우리 기억 속에 선명하게 남아 있을 거야. 만약 몰입의 시간을 삶의 루틴처럼 만들 수 있다면 우리의 삶은 분명 조금 더 행복한 시간으로 바뀔 수 있지 않을까?

어린 시절부터 사회생활을 하고 있는 지금까지 이런 몰입의 순간은 그때그때 분명히 존재했던 것 같아. 축구에 빠져 살던 초등학교 때는 공을 드리블하며 친구들을 제치고 피해서 상대편 골대까지 전력 질주한 끝에 공이 그물망을 가르는 마지막 순간까지 얼마나 깊이 몰입했던지.

책에 빠져 살던 중학교 시절엔 버지니아 울프와 애드거 앨런 포, 김진명 작가의 책을 읽으며 부모님 몰래 매일 밤을 지새우며 작가의 꿈을 키웠고, 고등학교 시절엔 힙합 음악에 빠져 학교를 그만두고 랩을 하겠다고 부모님께 반항하며 몇 날 며칠, 몇 년을 몰입하며 살았는지 몰라. 당시엔 그게 취미나 그냥 내가 좋아하던 대상이었지만 그 모든 몰입의 시간이 밑거름처럼 지금 나의 근간이 됐다고 믿어. 그 몰입의 시간이 주는 기쁨과 행복을 느끼고 하나하나 찾아가면서 지금 여기까지 온 거야.

　너희도 자신만의 몰입의 시간을 소중히 만들어 가면서 아주 끝내주는, 죽여주는 삶의 킬링벌스를 써 보자. 그땐 내가 너희 이야기를 들어 줄게. 너희가 내 랩을 들어 준 것처럼.

킬링벌스 영상이 공개되자마자 사람들의 반응은 폭발적이었어. 조회 수가 금방 100만을 넘겼고, 팬들의 뜨거운 환영과 응원 댓글을 받았어. 그런데 그 와중에 누군가 날 저격했다고 주변에서 알려 주더라고. 난 한동안 힙합 신을 떠나 창작 활동을 쉬다 보니 아주 유명하거나 이슈가 되는 래퍼가 아니면 요즘 어떤 래퍼가 있는지 잘 몰랐거든. 처음 들어보는 이름의, 옛날 말로 사내답게 생긴 한 래퍼가 한잔 걸친 것 같은 느낌으로 인스타 라이브를 통해서 나를 욕하는 영상을 봤어. 아웃사이더 같은 한물간 래퍼도 유명한 영상 채널에 나온다면서 속사포랩이라는 영역을 깎아내리며 자신은 인정할 수 없다는 내용이었어. 검색해 보니 나이도 한참 어리고 나와 일면식도 없는 래퍼인데, 실제로 나에 대해서 알면 얼마나 알겠어?

그냥 세상 사는 게, 음악 하는 게 뜻대로 되지 않으니까 불만이 쌓이고, 그 불만을 어떤 형태로든 표출하는 거라고 생각했지. 나도 그랬던 시절이 있었으니까 그다지 크게 불쾌하거나 화가 나지 않았어. 어떤 확실한 이유나 명분이 없는 래퍼가 욕하니까 영상을 본 많은 네티즌이 오히려 그 래퍼에게 주의를 주는 상황이 연출되더라고. 미리 계획이 있었던 건지, 노이즈 마케팅을 하려고 한 건지는 모르겠지만 그렇게 네티즌들이 그 래퍼를 욕하기 시작하니까 디스곡을 발표하더라.

난 디스*라는 것 자체를 애초에 싫어하는 사람이기 때문에 누군가를 먼저 디스해 보거나 디스당해도 맞디스를 한 적이 없었어. 요즘 같은 시대에 연락할 방법이 없는 것

* 디스리스펙트(Disrespect, 무례)의 준말로 상대방의 허물을 공개적으로 공격해 망신 주는 것을 말한다. 본래 힙합 장르에서 랩을 통해 서로를 비난하는 행위를 가리키는 말로 사용되다가, 상대를 폄하하는 말이나 행동을 일컫는 용어로 그 사용과 의미가 확대됐다.

도 아니고, 불만이나 문제가 있으면 당사자끼리 만나서 대화로 해결하면 될 문제지 힙합이라는 장르적 특성에 숨어서 누군가를 비난하는 행위가 난 이해되지 않고, 그 방식이 나랑 어울리지도 않거든.

나중에 너희도 알게 되겠지만 아이를 키우다 보면 이런 다툼이 얼마나 소모적이고 불필요한지, 의미 없는 다툼 외에도 우리가 투쟁하고 지켜야 하는 것이 얼마나 많은지 깨달을 수밖에 없거든. 방식은 다르지만 우리의 부모님들 역시 그렇게 살아오셨고. 그 래퍼의 디스곡이 발표되고 나서 뜻하지 않게 여러 디스전이 발발했어. 처음엔 그냥 대수롭지 않게 여겼던 상황이 점점 커지고 온라인으로 순식간에 퍼지면서 더 많은 사람이 이 상황을 지켜보면서 또 어떤 디스곡이 나오나 기다리더라. 한때 힙합신에 여러 래퍼들이 디스전에 얽힌 '컨트롤 대란'이 일어났던 것처럼 팬과 마니아, 리스너 들까지 또 다른 싸움을 예의 주시하면서 기대하고 있는 분위기였어.

세상에서 제일 재밌는 게 불구경과 싸움 구경이라고 하잖아. 디스전은 마치 느슨해진 힙합신에 긴장감과 기대감을 주는 불같은 싸움이라고 할 수 있지. 사실 나로서는 누군지도 모르는 래퍼와 싸워서 얻을 것도 잃을 것도 없었지만, 디스전이 이어지고 시간이 지나자 문득 이런 생각이 들었어. 지금까지 20년 남짓 음악을 해 오면서 누군가가 나를 욕하고 비난했을 때 디스곡은 아니더라도 음악으로 답을 보낸 적이 있었나? 이유가 어찌 됐건 랩으로 나를 공격하는 이들에게 받아쳐 준 적이 있었나? 여론은 이번에도 내가 대응하지 않을 거라는 의견이 지배적이었고, 이제는 아무도 내게 맞디스곡을 기대하지 않는 분위기였어. 지금까지 그래 왔던 것처럼 말이야.

그래서 나는 가사를 쓰기 시작했어. 아니, 그렇기 때문에 가사를 쓸 수 있었던 것 같아. 아무도 더 이상 내게 아무런 기대를 하지 않는 상황, 내가 원하든 원하지 않든 누군가 나를 타깃으로 겨눴고, 나는 계속 침묵하는 상황 말이야. 피해도 달려드는, 도망가도 쫓아오는, 숨어도 영영 숨을 수 없는 숙명 같은 거랄까? 언젠가 한 번쯤 나를 향한 디스에 답해야 한다면 적어도 지금이지 않을까? 비단 이번 사건이 아니더라도 그동안의 내 음악 인생과 커리어에 언젠가 한 번은 랩으로, 음악으로 속 시원하게 내 이야기를 들려줘야 하지 않을까, 하는 마음이 생겼어. 사실 싸움의 상대가 누구인지가 중요한 게 아니라 그동안 혼자 오랜 시간을 걸어온 나의 길에 대한 예우와 자존심 같은 거랄까? 반평생 이 길을 걸어온 사람으로서 내가 겪고 느꼈던 싸움의 의미를 단 한 사람이 아닌, 세상에게 들려주고 싶었거든. 그리고 만약 그 한 사람이 존재한다면 그건 나를 향해 욕하고 디스했던 그 래퍼가 아닌 나 자신이어야 하지 않을까. 그래서 답을 하기로 결심했어.

디스전이라는 게 논리정연하고 기발한 가사와 랩 스킬, 신속하게 받아치는 타이밍이 중요한 싸움인데, 나한테는 하루 중 가사를 쓸 수 있는 시간이 얼마 없었어. 아이를 등원시키고 출근해서 오전 10시부터 저녁 8시까지 매일 키즈 카페에서 일해야 했고, 비는 시간에 틈틈이 육아하고 내가 책임져야 하는 일에 충실하기 위해 노력해야 했지. 시간이 많지 않았지만 키즈 카페 마감 후 모두가 잠든 새벽에 가사를 써 내려가기 시작했어. 옆에 누운

여섯 살 난 딸아이의 곤히 잠든 모습을 보면서, 얼마 남지 않았지만 여전히 내 곁을 지키는 스태프들을 생각하면서 그리고 아웃사이더라는 아티스트의 음악과 호흡하며 함께 나이를 먹어 온 팬들을 떠올리면서. 적어도 그들에게 나란 사람이 그저 유명한 사람이 아닌 멋진 아티스트였고, 멋진 음악과 창작을 하는 사람이었다는 것을 다시 한 번 보여 주고 싶었어. 하루의 몇 시간뿐이었지만 가사를 써 내려가는 그 순간에 난 어느 때보다 진심이었던 것 같아. 그렇게 탄생한 곡이 바로 〈늙은 개〉야.

늙은 개는 애들을 먼저 욕하지 않아, 나 역시 걸어온 길이니까.

늙은 개를 함부로 욕하지 마라, 너가 언젠가 걸어갈 길이니까.

이전까지의 내 삶에선 누군가를 지키기 위해서, 아니 더 솔직히 얘기하면 잃어버리기 싫어서 많은 걸 참고 내주었다면, 더 이상 잃을 게 없어진 지금 난 내 삶을 걸고 가사를 쓸 수 있었어. 시간이 흐르고 상황이 바뀐 지금은 예전과 다르게 상황과 사람을 대하는 나의 태도에 기준이 다시 세워진 거지. 이제는 할 수 있어. 해야만 하고.

빼앗길지언정 내주지는 마시오. 빼앗긴 건 되찾아 올 수 있지만, 내어 준 건 되돌릴 수 없소.

드라마 〈미스터 션샤인〉에서 유진 초이 역의 이병헌 배우가 조국을 생각하며 한 대사처럼 누군가 나와 내가 지켜야 할 것들에 위협을 가한다면 어떻게든 맞서고 응징할 거야. 그들과 똑같은 방식으로 똑같이 답하진 않겠지만, 내가 살아온 방식과 철학으로 언제든 당당하게 마주하고 싸울 거라고 결심했어. 그리고 그런 내 방식은 누군가를 향한 공격이 아닌, 나 자신에게 총구를 겨눌 때 자신을 더욱 단단하게 단련시키고 성장시킬 수 있지 않을까. 그게 바로 싸움이 아닌 훈련이고, 단련이지 않을까.

충돌로 다치고 상하고 잃어버리는 싸움이 아니라, 몸과 마음을 더욱 단단하고 유연하게 성장시키는 훈련으로 만드는 것. 그건 바로 그 누구도 아닌 자기 자신의 몫이야. 너도 선택해 봐. 싸울 것인지, 훈련할 것인지. 무엇이 너를 강하게 만들고, 너의 소중한 것들을 지킬 수 있게 하는 힘인지. 그게 진정 너 자신을 위한 선택인지 말이야.

오랜만에 나의 사장님이자 동료이자 적이었던 MC 스나이퍼 형을 만났어. 가장 믿고 나누고 함께했던 형과 동생에서 8년 전 어느 날 서로 등지게 됐을 때 많은 팬이 우리의 다툼에 안타까워했고, 손가락질하면서 떠났어. 드렁큰타이거와 윤미래, 리쌍이 속해 있던 무브먼트(Movement) 크루와 함께 대한민국을 대표하던 힙합 크루였던 붓다 베이비(Buddha Baby), 스나이퍼 사운드는 어느 순간 멤버들이 하나둘 흩어지면서 한국 힙합의 역사 속으로 사라졌어.

나도 스나이퍼 형과의 다툼을 계기로 많은 것을 잃어

버린 것 같아. 돌아보면 당시의 선택에 대해 후회가 남는다기보단 그 상황에서 왜 더 성숙하지 못했는지 여운이 남더라. 서툴렀지. 그 서투름이 다툼이 되고, 다툼이 아픔이 될 때까지 왜 더 성숙한 사람이 되지 못했는지, 좀 더 지혜로운 혜안을 갖지 못했는지 아쉬웠어. 하지만 어쩌겠어, 그때의 선택이 지금의 나를 만들었고, 그때의 선택이 지금의 관계를 만든 거니까.

강산이 변할 정도의 시간이 흐르고, 많은 책임을 져야 하는 위치에 있게 되면서 자연스럽게 형이 떠오르더라. 딩고 프리스타일 킬링벌스에서 했던 약속을 지키려고 형에게 연락했어. 전화 연결이 되지 않아서 문자를 남겼더니 얼마 후 형에게 연락이 왔어. 형도 내 디스전을 지켜봤는지 수화기 너머로 조만간 늙은 개를 만나러 가겠다고, 밀린 이야기는 만나서 얼굴 보고 하자고 말하더라고.

둘다 아이를 가진 뮤지션인 데다가 바쁘고 벅찬 일상으로 만남이 바로 성사되진 못했지만 몇 달이 지나서 우린 드디어 만나게 됐어. 합정역 근처 어느 양고기집에서 만난 우리는 8년 만에 얼굴을 마주하고 말을 섞었지. 그런데 신기하게도 그동안 계속 만나 왔던 것처럼 어색함이 없었어. 형은 좋은 기억이든 안 좋은 기억이든 지난날의 일을 바꾸려 하거나 굳이 꺼내서 이야기하지 말고, 그때의 일은 그대로 두고 앞으로의 이야기만 하자고 했어. 형의 말이 우리를 지난 시절로 돌아가게 해 준 첫걸음이 된 것 같아.

그 후로 예전처럼 자주는 아니어도 틈틈이 서로의 근황을 주고받는 사이로 돌아온 우리는 내년에 꼭 함께 작업하자고 약속했어. 혹시 알아? 언제 성사될지 모르겠지만 팬들이 기다리는 것처럼 언젠가 MC 스나이퍼와 아웃사이더가 부르는 〈Run & Run 2〉를 듣게 되는 날이 올지.

다시 한자리에 만나서 육아하는 현실의 삶에 대해서 대화하고, 추억거리를 안주 삼아 서로의 힘듦을 곱씹는 형과 내 모습을 보면서 인간관계를 지키고 회복하기 위한 용기에 대해 다시 한번 생각해 보게 됐어. 부모님과의 다툼, 형제들과의 다툼, 친구나 직장 동료와의 다툼 등 우리는 아주 사소한 실수나 오해로, 때로는 누군가의 잘못으로 다투고 싸우고 갈라서는 경험을 하잖아. 학교에서든 직장에서든 인간관계에서 다툼은 언제나 존재할 수밖에 없으니까.

하지만 이 다툼으로 평생 갈라설 것이 아니라면, 혹은 갈라섰다고 해도 다시 관계의 개선이나 발전을 원한다면 누군가는 먼저 용기를 내서 이야기해야 해. 그 용기가 결국 상대방에게 진심을 전하고, 그것이 통하면 관계도 개선될 테니까. 진심을 나누고 나면 사실 다툰 이유도 그다지 심각하지 않았다는 걸 서로 알게 될 거야. 만약 정말 심각한 상황이었다고 하더라도 서로 용기 내어 진심으로 대화한다면 이 세상에 해결되지 않을 관계는 거의 없을 거야.

그러니까 인정하자, 내가 서툰 존재라는 걸. 그리고 상대방 역시 서툰 존재라는 걸. 우리 모두가 관계에서 조금은 서툴고 부족할 수밖에 없는 존재라는 걸. 그렇기 때문에 누군가와 관계를 맺고 서로의 부족한 점을 보완하고 채워 주면서 살아가는 거야. 나의 서투름을 인정하고, 함께 실수하고 상처받아도 감정과 기억을 공유할 수 있는,

조금 창피하고 민망해도 함께이기 때문에 서로의 추억이
될 수 있는 그런 관계가 있기에 우리는 세상을 살아갈 수
있는 게 아닐까?

1년 전쯤부터 동생이 주변에서 진짜 잘하는 속사포 래 퍼가 있다면서 〈곡예사〉라는 노래를 들려줬어. 돌아보면 말야, 2004년에 첫 EP 앨범을 내고 언더그라운드 공연과 피처링 등 본격적인 활동을 시작하고 2006년에 두 번째 앨범《Speed Star》를 발매하면서 '누구보다 빠르게 남들 과는 다르게'라는 슬로건으로 속사포랩이라는 스타일을 내 음악의 전면에 앞세웠고, 그렇게 꾸준히 한길만 분석 하고 연구 연습하고 캐릭터화한 끝에 2006년 힙합플레 이야 어워즈 올해의 피처링 아티스트상을, 2009년에 〈외 톨이〉로 싸이월드 뮤직 어워즈 'Song of the month'를 수

상했고, 어느 정도 대중과 마니아 모두에게 이 분야에서 만큼은 최고라고 인정받는 래퍼가 되었어.

물론 부족해서 보완할 부분도 있었지만, 평생 음악을 하는 뮤지션에게 그건 너무나 당연한 과제이고 동기 부여가 되는 목표니까. 어떻게 보면 그렇게 속사포랩이라는 스타일을 세상에 알리고 이 영역에서 오랜 시간 활동하다 보니 어느 순간 누구도 이 영역에 들어올 수 없는 벽 같은 게 세워져 있다는 걸 깨닫게 됐어. 마치 속사포랩이 아웃사이더를 대표하고, 아웃사이더가 속사포랩을 대표하는 유일한 래퍼인 것처럼 아웃사이더만의 독보적인 영역이나 주특기처럼 인식되었다고 할까? 다른 래퍼들이 빠르게 랩을 한다거나 거센 소리를 이용해서 혓바닥을 튕기듯이 랩을 하는 '텅 트위스팅'을 하면 무조건 아웃사이더와 비교당할 수밖에 없게 돼서 이 영역에서 같이 경쟁하거나 협업하기에 어렵고 껄끄러운 구조가 돼 있더라고.

그래서 언제부턴가 '속사포랩＝아웃사이더'라는 공식과도 같은 영광스러운 꼬리표가 한편으론 내 발전을 더

디게 만들고 나를 고독하게 만드는, 죽을 때까지 쫓아다니는 족쇄처럼 느껴지기 시작했어. 처음 고백하는데, 혼자서 하는 이 끝없는 싸움은 참 고독했어. 세계기록을 가지고 있는 달리기 선수가 매번 자신의 기록과 싸워서 이겨야 하는 기분이랄까? 상대가 없는 목표와 끝이 어딘지 모르는 목적지를 향해 계속 싸워야 한다는 게 쉽지 않더라고.

사실 속사포랩이라는 게 혼자만의 스타일이 아니라 하나의 분야이자 영역이기 때문에 이 안에서 경쟁할 수 있는 저변이 확대되어야 하거든. 함께 추구하고 연구하는 수요가 생기면 생길수록 경쟁력이 생기면서 영역이 확장되고 발전하고 더 큰 힘을 갖게 되고 견고해지게 되는 건데, 혼자서 이 싸움을 해 오다 보니 많이 외롭고 고독했어. 속사포랩을 기반으로 자신만의 다양한 톤에 라이밍(Rhyming)과 플로우(Flow)를 섞어서 대중에게 '한국에 한글이라는 언어로 텅 트위스팅을 하면서 빠른 속도감을 다양한 스타일과 방식으로 보여줄 수 있는 래퍼가 많이 있구나'라는 인식을 널리 알리고 싶었어. 그러면서 점차

저변을 확대시켜 속사포랩이라는 영역에 관심을 갖고 연구하고 부르는 후배가 생기고 늘었으면 하는, 속사포랩을 하는 데 자부심을 가지고 계속 도전해 줬으면 하고 바랐거든.

나는 어렸을 적부터 내 이야기를 글로 쓰는 게 너무 좋았어. 그래서 생각을 최대한 자유로운 방식으로 마음껏 꺼내 놓을 수 있는 랩과 힙합이라는 매력적인 문화를 만났을 때 래퍼가 되기로 결심했어. 처음부터 롤 모델이 있거나 누군가를 보고 듣고 따라 하면서 랩을 한 게 아니었기 때문에 내 생각과 메시지를 어떻게 하면 더 호소력 있게 전달할 수 있을까 매일 고민했어. 하고 싶은 많은 말을 정해진 시간 안에 담으려다 보니 속사포라는 스타일을 연구하게 된 거야.

그 생각과 이야기가 쌓이고 다져지면서 나의 철학이 되었고, 그 철학을 세상에게 빠르게 전달하게 됐지. 그렇게 내 안의 것들이 성대를 거쳐 혀를 통해 입 밖으로 나와서 누구보다 빠르고 강렬하게 누군가에게 작용하게 되었어.

난 그게 속사포랩이 가진 엄청난 힘과 에너지라고 생각해.

벽에 부딪친 적도 많았고, 편견 가득한 손가락질도 받았지만 그때마다 앞선 시대를 살았던 예술가들의 음악과 철학이 앞으로 나아갈 수 있는 원동력이 되어 줬어. 혼자서 몇 년을 분석하고 연구하고 연습하다 어떤 한계점에 맞닥뜨렸을 때, 더 이상 혼자서는 보이지 않는 벽을 허물지 못하게 됐을 때 외국에서 속사포랩을 하는 래퍼들의 음악을 찾아 듣기 시작했고, 트위스타(Twista)의 《Kami-kaze》라는 앨범을 들으면서 엄청난 충격을 받았던 기억이 나. 한곡 한곡 강렬한 메시지와 가사를 끊임없이 내 귀와 심장에 때려 박는 느낌이었다고 할까?

그 후로 내 랩의 지향점과 방향이 좀 더 견고하게 다져지게 됐고, 언젠가 내가 정말 우리나라를 대표하는 속사포 래퍼가 된다면, 트위스타와 함께 작업하는 것을 하나의 버킷리스트로 삼아 보자고 결심했어. 그리고 2015년, 드디어 그 버킷리스트를 이루고 《STAR WARZ(별들의 전쟁)》이라는 컬래버레이션 싱글 앨범을 함께 발매하게 됐어.

랩이란 언어로 구사하는 빛과 빛의 마찰. 새 역사를 써 내려가는 60억 분의 1의 맞짱.

체급이 안 맞아도 언어가 달라도 너와 난 같은 시대 같은 비트 위를 걸어,

급이 다른 Quality를 증명하는 길은 쫓아가기보다 길을 만들어 가는 선구자의 몫,

삶은 피 튀기는 싸움에서 살아남은 사람만이 쟁취하는 환희의 불빛

—〈STAR WARZ(별들의 전쟁)〉, 2015

직접 만나지는 못했지만 지구 반대편에 살고 있는 그와 나는 음악으로 서로의 외로움을, 지금까지 걸어온 고독한 싸움의 과정을 함께 나눴어. 억지로 설명하지 않아도, 전달하려고 하지 않아도 알 수 있는 그와 나만의 언어로. 시간과 속도의 영역 안에서 언제든 다시 만나기를 약속하면서.

언젠가는 누군가가 어렴풋하게라도 알 수 있을까?

속도의 영역 안에서 살아간다는 게 어떤 느낌인지, 매일 자신의 한계와 싸운다는 게 어떤 건지, 편견에 맞서 자신을 바로 세우는 게 힘들지만 얼마나 가치 있는 일인지, 내 사상과 혀가 누군가를 죽이는 독이 아니라 쓰러져 가는 이를 살리는 힘과 약이 될 수 있다는 사실을, 그리고 그것이 내가, 우리가 이 시대를 살고 있는 예술가들이 걸어가야 할 소명이라는 것을 말이야. 그런 의미에서 난 한국의 곡예사인 조광일을 응원해. 광일아, 언제 늑대랑 개랑 죽여주는 작업 한번 같이 하자!

위기를 기회로, 이루어져라!

D.M.F
(Just The Way You Are)

이번이 만약 마지막이라고 해도 말야
오늘도 난 나를 제외한 모두가 떠나고
나만 남은 이곳에서
내게 남은 전부를 태워
represent over 100 percent
밑바닥에서부터 꿈을 꾼 게 죄야?
백 번째 쓰러져도 백 번째 다시 일어나
펜을 잡고 삶을 써 내려가
난 죽어서도 죽지 못해
살아서도 살아 있지 못해
그저 이 속도로 미친 듯이 달려다가 곧
입수
행여 가라앉아도 It's you
두려워 말아 아직 멀었어 alive
걱정 마 good night

—《D.M.F》, 2020

위기를 기회로, 이루어져라!

연인과의 거리
(feat. Brown Sugar·샛별)

거친 숨소리가 무대를 채울 때 관객은 열광해

스피커가 내뱉는 진동이 두 가슴을 때릴 때 순간은 영원해

심장이 터질듯 내 소리가 사방에 퍼지고

흩어짐이 더 커질 때 축 처진 어깨를 툭툭 털어

온 세상을 뒤바꿔 놔 음악과 난 더 굳건한 믿음 하나

기쁨으로 충만한 내 삶의 반과 반

수백 번의 무대를 밟고 수만 번의 소리를 뱉어

내뱉은 횟수만큼 환희보다 뒤따르는 허전함에

나 홀로 외로이 작업실 바닥에 누워 내 모습을 떠올려 보지만

아마도 무대 위 노래가 끝나면 내 곁에 빈자린 아무도

채워주지 못해

다시 무대를 찾는 외로운 나날의 반복

무대를 그리며 설렘에 잠을 설친 날들

매번 상처받고 짓밟혀도 Never

포기란 없어 때론 힘들어 놓고 싶은데도 손을 꽉 움켜쥔 채로

—《Speed Star》, 2006

위기를 기회로, 이루어져라!

롤러코스터
(feat. 요한 of 피아)

돌고 돌고 돌아가는 인생사
울고 웃고 참는 것이 인생이다
차고 치이고 버티는 게 이 세상
망설이는 바로 지금이 타이밍이다
돌고 돌고 돌아가는 인생사
울고 웃고 참는 것이 인생이다
차고 치이고 버티는 게 이 세상
꿈을 꾸는 자가 바로 주인공이다
조금도 두려워 마
뒤처진 널 초조히 다그치진 마
다시 그날은 네게로
like roller coaster

—《주인공》, 2010

위기를 기회로, 이루어져라!

세상 밖으로의 항해
(feat. L.E.O, KEIKEI)

난 차근차근 한 단계씩 발전하는 느림보

내 가능성은 물음표 뜬구름 속의 무인도를

홀로 외로이 헤쳐 나가는 영화 속의 주인공

굶주림도 이 항해를 멈출 수는 없어

온몸으로 몸부림을 쳐 보다가 때로는 힘이 들면 주저앉아

머나먼 지평선을 향해서 소리 질러

부푼 꿈으로 커져 가는 심장 소리가 넘실넘실거리네

대지가 춤을 추고 하늘이 온통 비를 뿌리면

뜨거운 가슴은 한껏 벅차오르기 시작하고

펜을 잡은 손은 충만함으로 시를 써 내려가지

절망은 빛과 소금 그 어떤 고난과 역경이 다가와도

나는 끄떡없어 이건 분명 내가 찾던 꿈의 세상

이 작은 새장을 박차고 날아가 나를 찾는 여정

권태로움에 맞서 삶을 노래하라

영원히 닿을 수 없기에 꿈을 발견하려고 노력하라

—《주인공》, 2010

Dear my fam, Dear my fan, Dear my friend

동력을 잃어버린 헬기처럼 희망과 열정을 잃어버린 도시 사이로 추락하는 우리의 꿈.

숨소리조차 들리지 않는 이곳의 시간은 멈춰 있어, NINE O'CLOCK.

불빛이 꺼지고 발걸음이 끊기고 목소리가 사라지고 더 이상 내려갈 수 없는

깊은 곳까지 단번에 셔터가 내려가. 모든 문이 닫혔어, shut down.

우린 여기 갇혔어, got stuck. 모두 맘을 다쳤어, get hurt.

할 일을 잃어버린 실업자, just the way you are.

그럼에도 내려놓기보다 꽉 붙잡아야만 하는 이유가.

난 나를 비롯한 나와 내가 대표로 하는 모든 이들의 아픔을 대변해.

이번이 만약 마지막이라고 해도 말야.

오늘도 난 나를 제외한 모두가 떠나고 나만 남은 이곳에서 내게 남은 전부를 태워,

represent over 100 percent. 밑바닥에서부터 꿈을 꾼 게 죄야?

백 번째 쓰러져도 백 번째 다시 일어나 펜을 잡고 삶을 써내려가.

난 죽어서도 죽지 못해. 살아서도 살아 있지 못해.

그저 이 속도로 미친 듯이 달려다가 곧 입수

—〈D.M.F〉, 2020

2년 전까지만 해도 누가 아빠 직업이 뭐냐고 물어보면 '가수'라고 대답하던 우리 딸이 언제부턴가 '키즈 카페에서 일하는 사람' '키즈 카페 사장님'이라고 대답하더라고. 항상 아이들로 꽉 찼던 키즈 카페도 코로나의 영향으로

손님이 거의 끊기고 직원도 많이 떠나갔어.

사실 내가 갑자기 키즈 카페를 한다고 했을 때 주변에서 많이 의아해했어. 키즈 카페가 연예인이 쉽게 할 수 있는 사업 분야는 아니었으니까. 오랜 시간 가수 활동을 하다 어렸을 적 꿈이었던 책을 출간하게 되고 입시, 연애, 꿈, 부모님이나 가족, 콤플렉스와 트라우마, 일상적인 습관이나 버릇, 아주 사소한 고민까지 무대에서 꺼내 놓지 못했던 이야기를 강연을 통해 청소년과 나누게 되면서 자연스럽게 우리 아이에게로 시선이 옮겨 가게 됐어.

예전에 아이와 함께 〈슈퍼맨이 돌아왔다〉라는 육아 예능 프로그램에 출연한 적이 있는데, 그때는 우리 아이가 한 살 때였어. 첫걸음마를 떼고 겨우 단어를 말하기 시작할 즈음 어느 날 아이가 나를 보며 '아빠'라고 처음 말했을 때 느꼈던 감정을 아직도 잊지 못해. 그 감정으로 힘든 순간을 이겨 내며 살고 있기도 하고.

그때는 급작스럽게 행사와 강연 활동이 많아져서 며칠 동안 늦은 시간에 귀가했어. 아침에는 아이가 눈뜨기 전에 집을 나가고 잠들고 나서야 들어오다 보니 잠든 아이의 얼굴만 볼 수 있었어. 너도 그런 기억 있지 않아? 어렸을 적 곤히 자고 있는데 퇴근해서 집에 들어온 아버지가 뽀뽀해 줄 때 잠결에 흐릿하게 보이는 얼굴과 찌든 담배 냄새가. 난 아직도 힘들 때마다 가끔 기억나거든.

아빠를 며칠 동안 보지 못하다 보니까 어느 순간 아이가 '아빠'라는 말을 잊어버렸더라고. '아빠'라고 부를 아빠를 보지 못하니까 말할 기회가 없었던 거지. 그게 너무 안타까워서 아이와의 추억을 만들어 보려고 프로그램에 출연하게 된 거야. 촬영 며칠 전부터 아이와 어디를 갈지, 뭘 해 줄지, 어떤 걸로 신나게 해 줄지 찾았지. 그런데 촬영 당일이 되자 이게 내 생각과는 너무나 다르더라고. 한 살 아이를 혼자서 돌보는 게 요즘 말로 현실 지옥이랄까? 뭐 하나 쉬운 게, 문제없이 지나가는 게 없더라고. 이유식 먹이고, 낮잠 재우고, 간식 챙겨 주고, 기저귀 갈아 주고, 칭얼댈 때 달래 주는 등 독박 육아를 처음 해 보는 아빠로서는 해야 할 것이 너무 많고 어려웠어. 그렇게 촬영한 48시간이 어떻게 흘렀는지 기억나지 않을 정도로 정신없이 지나가고 마지막 촬영 장소에 가서야 아이가 나를 부르더라고. '아빠'라고.

얼마 만에 아이에게 '아빠'라는 말을 들어 본 걸까? 갑자기 눈물이 왈칵하고 쏟아졌어. 그때 깨달았어. 아이에게, 소중한 사람에게 가장 중요한 건 좋은 곳에 가는 것도, 비싼 걸 먹는 것도, 유명한 곳에 데리고 가는 것도 아니라, 온전히 '함께 시간을 보내는 거'라는 걸. 그래서 결심했던 거야. '아이와 함께하는 시간을 늘리려면 아이와 관련된 일을 하면 되지 않을까?' '이왕이면 우리 아이가 즐겁고 행복한 시간을 보내면서 함께할 수 있는 일을 하면 가장 좋지 않을까?'라고 생각했고, 그래서 키즈 카페를 준비하기 시작했어.

약 1년간 사업과 관련된 많은 것에 대한 공부와 준비를 하면서 점점 욕심이 생기고 완벽하게 준비하려다 보니 계획했던 것보다 일이 커져서 결국 500평 규모의 초대형 키즈 카페를 오픈하게 됐어. 아이와 함께할 수 있는 공간을 만들기 위해 가수 활동을 하면서 벌었던 전 재산을 투자하고, 준비하는 과정이 결코 순탄치만은 않았지만 그때를 돌아보면 참 행복했던 것 같아. 어렸을 적 루이스 캐럴의 소설 『이상한 나라의 앨리스』를 보면서 꿈꾸고, 주인공 앨리스가 흰 토끼를 따라서 토끼 굴로 뛰어들면서 모험이 시작됐던 것처럼 나 역시도 우리 아이와 가족이 이 공간에서만큼은 동심을 잃지 않고 이로운 시간을 보내고 갔으면 좋겠다는 마음으로 공간을 만들었어.

아이의 이름을 따서 만든 키즈 카페 '이로운 나라의 앨리스'는 2018년 경기도 일산, 내가 살고 있는 동네에서 오픈한 이후 경기도뿐만 아니라 전국의 많은 가족에게 관심과 사랑을 받으며 운영되었어. 하지만 지금은 코로나의 직격탄을 맞고 하루하루 버텨 나가는 중이야. 내 인생을 걸고 만든, 내 아이의 이름을 걸고 만든 이곳을 이대로 포기할 수 없어서 많은 이가 떠난 자리를 혼자 지키고 있어.

나와 오랜 시간을 일해 온 직원들이 하나둘씩 결국 퇴사하게 됐을 때, 그들이 오랜 직장인 이 공간을 떠날 수밖에 없는 선택을 하게 되는 게 안타까워서 홀로 남은

500평 공간에서 마감 청소를 하다 밤새 뜨거운 눈물을 흘렸던 기억이 너무도 선명해.

아이를 위한 공간을 만들기 위해 내 본업인 가수의 삶을 내려 두고 살았던 시간, 이제는 아이를 위해 만든 이 공간을 지키기 위해 내가 어떤 일을 하는 사람인지, 어떤 것을 할 수 있는 사람이었는지를 스스로 다시 찾고 움켜쥘 수밖에 없었던 칠흑 같은 절망의 시간을 보내면서 결심했어. 딸에게 아빠가 어떤 사람인지, 어떤 음악을 하는 사람인지 그리고 아빠가 진짜 사랑하는 일이 어떤 건지 보여 주고 싶었지.

나중에 우리 딸도 꼭 자기가 사랑하는 일을 하는 사람이 됐으면 하는 마음으로. 그게 어떤 일이든지 자기가 사랑하는 일을 하면서 자기를 사랑하는 사람이 되어 살아가는 삶이 얼마나 행복하고 가치 있는 일인지를 느꼈으면 해. 그리고 나는 내가 가사를 쓰고 음악을 만들고 창작할 때, 내 안의 나를 끄집어내서 나만의 방식과 언어, 속도로 무대 위에서 노래할 때 가장 행복한 사람이라는 걸 되찾을 수 있던 시간이었어.

그래서 다시 시작했어. 이 절망과 고난의 시간이 끝나기 전에 지금의 나를 음악으로 기록하는 일을 말이야. 어둠뿐인 지금을 기록하고, 어떻게든 이겨 내고 극복해 나가는 나 자신을 응원하자고. 그리고 이런 나를 있게 해 준 세상과 소중한 사람들에게, 지금 이 시대의 고통을 함께 겪고 있는 이들에게 보내는 메시지를 음악으로 담아 보자고.

돌아보면 가장 힘들었던 순간은 내가 사랑하는 것들과 온전히 함께하지 못했던 때이고, 가장 행복했던 순간은 내가 사랑하는 것들과 함께하고 싶은 일을 하며 살아가던 때였던 것 같아.

중요한 건 내가 사랑하고 좋아하는 일과 사람을 찾는 거야. 단순히 돈을 잘 벌 것 같아서, 사회적 트렌드나 분위기가 그렇게 흘러가니까, 혹은 주변 사람들이 좋다고 하니까 쉽게 선택하는 게 아닌, 나 스스로가 진짜 하고 싶은 일을 찾아보는 것이 중요해.

물론 나도 학창 시절엔 내가 정말 좋아하는 일과 꿈을

찾는 게 쉽지 않았어. 초등학교와 중학교 때는 과학 상자 만들기 대회, 라디오 조립 대회, 고무동력기 대회 등 대회란 대회는 다 나가서 입상하곤 했는데, 그땐 내가 나중에 커서 분명 과학자가 될 줄 알았어. 어렸을 적부터 부모님께서 책을 선물해 주실 때마다 항상 표지 안쪽 하단에 '신옥철 박사'라고 이름을 써 주셨거든. 그때부터 과학자가 될 거라고 생각했던 것 같아. 그런데 고등학교에 올라가고 나서 본격적으로 이과와 문과 중에서 선택해야 될 때가 오니까 사실 난 과학에 그다지 소질도 자신도 없다는 걸 깨달았어. 오히려 글을 쓰고 말하는 데 자신 있었지. 그래서 문과를 선택했어. 내가 그때 이과를 선택해서 과학자의 꿈을 키웠다면 어떻게 됐을까? 만약에라도 말이야…….

고3 때는 대학수학능력시험을 치렀는데 시험을 완전히 망친 거야. 원하는 대학, 원하는 과에 진학할 수 없어서 고민 끝에 편입을 결심했어. 편입 준비를 위해서 전문대학의 영어과에 입학을 했는데, 사실 그때의 대학교 1년이 나한테는 너무나 힘든 시간이었어. 1년 내내 온종일 영어 공부만 하려니 지치기도 하고, 내가 진짜 하고 싶었던 일을 더 간절히 원하게 되더라고.

그때 깨달았어. '정말 좋아하는 걸 해도 힘들 텐데 좋아하지도 않는 공부를 하며 사는 건 정말로 힘든 일이구나' 하고 말이야. 선생님, 부모님, 친구들이나 주변 사람들의 시선과 말을 신경 쓸 수밖에 없는 게 학생이고, 어쩔 수 없이 그건 의식적으로든 무의식적으로든 자신에게 작용할 수밖에 없으니까. 그렇다 보니 내가 온전히 어떤 일을 좋아하고 발견하기까지의 과정이 쉽지 않고, 만약 발견해도 오롯이 자신의 선택을 믿고 끝까지 가기엔 수많은 걸림돌과 장애물이 존재하지.

주변을 한번 돌아보고, 친구들에게도 물어 봐. 하고 싶은 게 정해진 친구가 얼마나 있는지 살펴봐. 물론 일찍 자신의 진로를 찾은 친구도 있겠지만, 그렇지 않은 친구가 생각보다 많을 거야. 그리고 진로를 찾은 친구도, 그렇지 않은 친구도 지금 이 순간 똑같이 고민하고 흔들리고 있을 테니까 고민과 흔들림을 두려워하지 마. 아직 진로를

정하지 못했다고, 꿈이 없다고, 하고 싶은 걸 찾지 못했다고 창피해하거나 이상하다고 생각하지 마. 쉽지 않은 게 당연한 거고, 찾지 못한 만큼 아직 경험해 보지 못한 세상은 훨씬 크고 넓으니까.

다만 너무 어렵게 생각하고 너무 많은 고민은 하지 않았으면 해. 내 주변만 하더라도 학창 시절에 되고 싶었던 꿈을 이루거나 당시에 정했던 직업군으로 현재 일하고 있는 친구는 한 손에 꼽기 힘들 정도로 적거든. 지금 이 순간에도 세상에는 수많은 직업군이 사라지고 또 생겨나고 있어. 사회가 빠르게 변해감에 따라 우리가 목표로 하던 직업들이 갑자기 사라질 수도 있고, 지금은 잘 모르지만 내 적성이나 상황에 맞는 직업들이 생겨날 수도 있으니까. 우린 지금 너무나 불확실한 세상에서 살고 있잖아. 이런 불확실한 세상에서는 적은 경험으로 무언가 하나를 선택해서 맹목적으로 따르기보다 다양한 분야의 일을 두루두루 경험해 보는 게 상대적으로 좋을 수 있어.

부담 없이 편하게 쉽게 생각해서 해 보는 거야. 툭툭. 그냥 가볍게. 잘 생각해 보면 우리는 '된다'라는 것에 너무 진지하게 반응하고 고민하는 경향이 있거든. '너 뭐가 될래?' '어떻게 하면 될 수 있을까?' 이런 질문은 너무 어렵고 무겁잖아. 그러니까 대부분 쉽게 대답하지 못하고 고민하고 또 고민하느라 생각보다 많은 시간을 허비하게 되거든.

그렇게 어렵게 생각하고 고민하면서 시간을 허비하기보다 그냥 쉽게 생각해 보는 건 어때? '된다'라고 생각하지 말고 그냥 하는 거야. '된다'가 아니라 '한다'. 되는 건 무언가 노력해서 이뤄야 할 것 같지만 한다는 건 그 행위의 결과나 목적과는 상관없이 그냥 행동 그 자체인 거니까. 끌리는 게 있으면 그냥 할 수 있는 거니까. 생각나는 게 있으면 그냥 해 보는 거야. '이걸 하면 어떻게 될까' 고민하지 말고 그냥 하는 거지. 그렇게 마음이 이끄는 대로 생각이 이끄는 대로 이것저것 하다 보면 그만큼 많은 경험이 쌓이게 되고, 생각보다 여러 가지 일에 흥미나 재미를 느끼게 되거든. 일의 전문성은 차차 전문적으로 쌓으면 되는 거고. 우선 내가 관심을 갖고 흥미를 느끼는 일을 가능한 한 많이 찾아보는 거야.

그러다 보면 일이라는 것 자체에 어느 정도 경계심을 풀게 되고, 더 몰입할 수 있는 계기가 만들어지기도 하거든. 그러니까 고민하는 데 시간과 에너지를 허비하지 말고 쉽게 할 수 있는, 바로 해 볼 수 있는 일을 하는 데 시간을 보내 봐. 그리고 그건 반드시 하나가 아니어도 되는 거니까. 좋아하는 친구가 한 명만 있어? 밥을 같이 먹을 때 좋은 친구, 게임할 때 좋은 친구, 축구할 때 좋은 친구, 대화하는 게 좋은 친구, 같이 공부하는 게 좋은 친구, 말하지 않아도 그냥 함께 있는 게 좋은 친구 등 좋아하는 친구는 반드시 한 명이 아니라 여러 명일 수 있는 거잖아.

그러니까 무언가 하나만 하려고 하지 말고 좋아하는 여러 가지를 해 보는 거야. 그중 네가 잘하는 게 하나라도 없겠어? 좋아하면 분명 어느 정도는 숙달되게 되어 있거든. 대부분의 친구가 좋아하지도 않는데 잘되기 위해서 잘하려고만 하니까 힘들어하는 거지. 일이란 어찌 보면 친구 같은 거거든. 친구가 되면 함께하는 시간 자체가 좋잖아.

좋아하는 일을 가능한 한 많이 찾아보고 경험해 봐. 그러면서 좋은 친구들과 즐겁게 행복한 대화와 생각을 나누면서 내가 진정 하고 싶은 것을 찾아가는 거야. 그 과정 자체가 의미 있는 일이니까 걱정하지 않아도 돼. 힘들 때 곁에 있는 친구가 있는 것처럼, 힘들 때도 내가 행복한 마음으로 즐겁게 일할 수 있는 대상을 주변에서 찾아봐.

Dear ma friends. 뜻대로 되지 않을 때 될 대로 되라지 말야, 쉽게 포기하곤 해.

아니, 그게 결코 쉽진 않은 걸 알기에 끈을 내려놓지 못해 못내 현실을 부정해.

부정에서 원망, 강한 원망에서 절망, 이 절망의 뒤엔 뭐가 있을까? 덧없는 희망을 구걸해.

포기와 오기가 섞여서 깎이고 뭉개져 사라진 감정의 꼴.

난 매일 밤길을 걷는 꿈을 꿔. 맨발로 매서운 살얼음판의 한복판을 가로질러

도착한 캄캄한 방. 칠흑 같은 암흑 속을 눈 가리고 걸어가는 기분.

이게 어둠인지 어둠이 얼마나 어두운 건지 안과 밖이 모두
다 어둠인데,

빛이란 과연 존재나 할까?

그런 게 있던 걸까 아니면 어둠이 빛인 걸까? 그것도 아니
면 이 모든 게 내가 미친 걸까?

다 부질없어. 다 부서진 모래성에 공들여 열정을 쏟아봤자
매서운 파도에 소리 없이

휩쓸려서 흔적조차 안 남기고 사라지다 곧 입수.

—〈D.M.F〉, 2020

나를 기록하는 게 얼마만인지 모르겠어. 이토록 처절
한 상처를 끄집어냈던 게. 그렇게 난 힘든 시간 속에서 힘
겹게 나를 다시 되찾았어, 내가 가장 좋아하고 내가 가장
사랑하는 행위를 함으로써. 외로움 속에서 피어나는 꽃,
안락함 속에 안주하던 내 삶은 진흙탕이 돼 버렸지만 난
예전처럼 진흙탕 속에서 가장 나다운 꽃을 다시 피우고
있어. 아니, 정확히 말하면 싹을 틔웠어. 그렇게 세상을
향한 나의 반격을 시작했어. 누구든 가장 나다운 삶을 살

때, 가장 나다운 행동을 할 때 결과와는 상관없이 길을 걸어가는 과정만으로 행복할 수 있는 거야. 그러니 꼭 자신이 좋아하는 일을 찾아보고, 좋아하는 사람들과 좋은 생각과 대화를 나누며 꿈을 따라 걸어갔으면 해. 그리고 너 자신을 가장 좋아하고 아껴 줘.

세상이 무너지더라도, 지구상에 모두가 사라지고 혼자만 남더라도 두려워하지 마.

더 나은 나를 만들어 가는 여정에서 무슨 일이 있더라도 '너'는 널 응원할 테니까.

Thanks to

　내일이 보이지 않는 막연함에서 나를 버티게 해 준 사람, 그게 너야.

　힘든 인생에서 나를 움직이게 해 주는 사람, 그게 너야.

　어느 날 문득 나의 삶에 살며시 들어온 너.

　너는 내게 잠시 스쳐 가는 인연이 아닌, 존재 자체로 완전한 사람이야.

　온전하지 못한 내 삶의 한가운데서 널 만나게 돼서,

　이렇게나마 내 삶을 기록할 수밖에 없어서 미안하고 고마워.

　모든 것의 원천이 되어 준 너에게 감사하고,

　기회와 기다림으로 함께 해 준 자음과모음 출판사와 이 나키스트 식구들에게 감사해.

Thanks to

언제가 될지는 모르겠지만 온전한 나를 찾고 더 나은 나를 마주하게 될 그때, 지금 이 시간을 견디고 이겨 낸 나에게도 진심으로 감사할게. Thanks U.

**누구보다 빠르게
남들과는 다르게**

ⓒ 아웃사이더, 2022

초판 1쇄 인쇄일 2022년 2월 25일
초판 1쇄 발행일 2022년 3월 10일

지은이   아웃사이더
펴낸이   정은영
편집   최성휘 조현진 정사라
마케팅   최금순 오세미 김현아 김하은 오경미
제작   홍동근

펴낸곳   (주)자음과모음
출판등록   2001년 11월 28일 제2001-000259호
주소   10881 경기도 파주시 회동길 325-20
전화   편집부 (02)324-2347, 경영지원부 (02)325-6047
팩스   편집부 (02)324-2348, 경영지원부 (02)2648-1311
이메일   jamoteen@jamobook.com

ISBN 978-89-544-4807-9 (43810)